BBULMEDIA

http://www.bbulmedia.com

SpecTator

스펙테이터

BBULMEDIA FANTASY STORY

SpecTator

스펙테이터

약먹은인삼 퓨전 판타지 소설

11

Contents

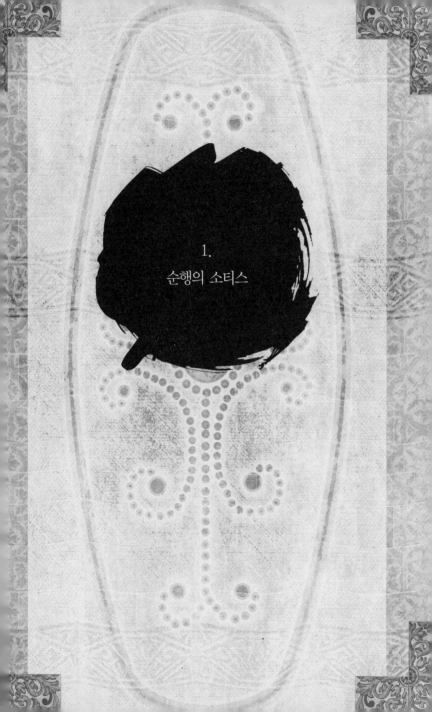

1.
순행의 소티스

　이지러진 경계가 아문 상처에서 배어 나오는 핏자국 처럼 다른 공간의 빛과 공기를 뿜어댔다. 그것은 손닿 지 않는 곳에 총총히 박혀서 빛을 보여야 할 별이, 흐 린 잔상으로 곁에 머문 것처럼 시야를 교란하는 풍경이 었다.

　광검에서 비롯한 극의의 충돌이 자아낸 이질적인 풍 광 속에서, 나는 유나가 들고 있는 신위의 보석에 주 목했다. 과연 어떤 정보와 진실을 알려줄지 기대가 컸 다.

　신위의 보석을 받아 든 유나는 기념품을 촬영하듯이

여러 각도에서 찍었다. 대어를 낚은 강태공처럼, 높은 산을 등정한 산악인처럼 이를 들고는 일행과 오붓하게 사진으로 남기고는 내게 돌려주었다.

쓸모를 다했다는 투였다.

"안에 있는 정보는 확인하지 않습니까?"

물으니 그녀 역시도 아쉬워했다.

"잘 관리하면 괜찮기는 할 테지만, 사도는 위험하니까요. 치명적인 바이러스를 당장 아무렇지 않다고 숨겨둘 수는 없잖아요?"

뒤이어 조금 전에 루-타훔이 했던 말을 영상으로 보여주었다.

—보통이라면 나는 진실과 함께 신위를 헌납했어야 할 터지만, 지금은 아니지. 사도는 신위 그 자체거든.

유나의 말대로라면 힘을 계승받는 순간, 사도가 하나의 몸을 공유하게 되는 셈이었다. 몬스터 플레이를 하고자 접속했을 때 본래의 주인을 나약하게 하고 때론 틈을 봐서 육신을 빼앗듯이 같은 상황이 벌어질 우려가 있었다.

에일락 반테스처럼 당사자가 자신의 몸을 오롯이 넘겨주었다면 모를까, 지금처럼 적대적으로 죽였다면 기억과 고유의 힘을 바탕으로 언제고 재기를 노렸을 것이다.

"제대로 된 이야기를 듣는 방법은 천공수의 안배대로 사냥하는 거였군."

들은 이용택 관장이 머쓱해했다.

"주인님이라면 루-타홈의 의지쯤은 단숨에 소화하실 수 있습니다."

월향이 말하자 유나가 좋은 선택은 아니라고 답했다.

"상현 씨라면 백신이 끝내주니까 얼마든지 가능해. 그런데 이 보석은 정보가 유리되어 있거든. 하나는 루-타홈의 기존 지식이고 두 번째가 발발 원인과 관련된, 우리가 알고 싶은 정보야. 후자의 것은 락이 걸린 셈이지."

반탄의 권능을 흡수하면 루-타홈의 과거를 알 수가 있었다. 반대로 곤바로스가 초월자와 어떻게 싸우고 싸움을 벌이게 되었는지의 배경은 모힘트라가 설정해 두었기에 제약을 받는다고 했다.

물론, 이는 중요하지 않은 이야기였다.

"게다가 고작 그런 거로 써먹기엔 신위의 보석이 너무 아까워."

나는 손에서 루-타홈의 심장을 굴렸다. 루-타홈의 힘이 훌륭한 보물이라면, 신위의 보석을 통째로 얻은 건 어떤 소원이든 이뤄주는 만능의 램프를 거머쥔 것과 같았다.

"원래는 이 보상이 아니었을 거예요. 모힘트라가 말하기를 모든 진실을 알 수 있는 구간이 5층이라고 했었죠? 루-타홈도 자기가 말할 내용은 싸움의 발발 원인이라고 했었으니까 그런 식이었다면 3등분 된 조각을 얻었을 거 같네요."

그녀는 new century의 룰과 퀘스트를 설명하듯 간단한 창을 띄워서 보여주었다. 퀘스트의 이름은 [소원 해결]이었으며 그 과정과 보상은 내가 경험한 내용이었다.

'신위의 파편(1/3)과 3층은 전쟁의 발발 원인, 4층은 마찬가지로 파편(2/3)과 전쟁 당시의 모습, 5층은 최종 결과이며 완성된 파편(3/3)' 이라고 표현했다.

내 말과 루-타홈의 이야기를 토대로 유추한 내용이었다.

"왜 파편이라고 한 겁니까?"

"상현 씨의 힘이 아니었다면, 정상적으로는 천공수를

벗어날 수 없는 상황이니까요. 이른바 탈출용이자 본래 세상으로 돌아가는 정도의 소원을 들어주는 게 저 파편의 힘인 셈이에요."

"묘하군요. 1층의 디칼립스가 그토록 강력했고 2층 역시 까다로웠는데 3, 4, 5층이 약화된 사도들이라니."

"상층부로 올라갈수록 강하다는 건 편견이라고 봐요. 욕망의 탑은 상현 씨의 소원에 따라서 단계별로 구성된 거니까요. 첫 번째 소원에 맞춰서 구성되고, 다음 소원에 맞는 무게만큼 시험이 부여되는 식이죠. 그래도 페널티는 확실했잖아요?"

묵직한 수갑을 가리키는 그녀였다. 참으로 옳은 말이었고, 실제로 각 층의 주인들을 딱히 약하고 강하다로 단순 정의하기에는 여러모로 문제가 크기는 컸다.

권능은 힘의 우위도 있긴 하지만, 메히치의 경우처럼 특수한 효과를 동반하게 마련이니까. 소위 말하는 상성의 문제였다.

"이 가설이 맞는지는 4층에 올라가서 확인해 보죠."

"아마 맞을 겁니다."

"당연한 말씀~. 아참, 그전에 그 보석은 쓰는 게 어떨까 해요. 층 내에서는 모힘트라가 관계하지 않았지만, 오르는 과정 중에 사라질지도 모르거든요."

그녀가 '소원을 말해봐요' 하며 웃었다.

"본래의 상현 씨라면 아까 관장님 같은 식의 싸움은 벌이지 않았을 거예요. 즉, 이 보석은 오류로 획득한 버그인 셈이라, 언제 패치될지 모른답니다. 필터링은 층간마다 작용하는 듯 보이고요."

유나의 미소를 보며 어떤 바람을 이야기할까, 되짚다가 문득 단박에 이 모든 일을 종식할 아이디어가 떠올랐다.

"여기서 모든 진실을 알고 싶다고 한 뒤 듣고 나가는 건 어떻습니까?"

루-타훔도 이용택 관장이니까 저리 싸웠지, 다른 이였다면 어떤 피해를 보았을지 모르는 일이다. 위험을 감수하며 더 도전하기보다는 얼른 집에 돌아가는 게 현명할 터.

그때 공예품처럼 맥동하는 신위의 보석을 들어 올리자 머리칼에서 작은 손 두 개가 불쑥 나왔다. 요정 모습의 루타타가 냉큼 이를 집어서 들더니만 얼른 월향의 품에 들어가서는 꼭 쥐어주었다.

『나빠!』

허리에 손을 얹고는 빽 소리 지르는 그녀였고, 너머에서 유나는 물론, 월향까지 서운하다는 시선을 보냈다. 이용택 관장은 '난 한번 놀았으니까 됐다' 라는 투로 묘한 웃음을 짓고 있었다.

"너도 참 어지간히 눈치 없구나."

이 방법을 유나가 모를 리 없는데, 처음이자 아직 몸도 풀지 못한 파티를 벌써 해산할 셈이냐는 말이었다. 그러나 모름지기 안전이 제일이다.

"위험은 아무리 작다고 해도 감수할 필요가 없다고 봅니다."

"그렇지 않아요. 상현 씨가 자신했던 만큼 곤바로스까지도 상대할 전력인걸요."

"저흰 약하지 않습니다."

"방비를 튼튼히 해도 사고는 느닷없이 일어나는 법입니다."

그녀들의 심정을 모르는 바는 아니지만 작은 위험도 감수하지 않았으면 했다. 이용택 관장이 혀를 찼다.

"추락하면서 날아오르는 법을 익히는 법이지. 넌 알면서도 정작 실천하는 데는 여전히 한발 물러서는구나.

아이를 낳으면 교육은 무조건 처의 말을 듣는 게 좋을 거 같다. 넌 좋은 아비가 될 수 없을 듯하니까."

"답답해 보이십니까?"

"암. 대화는 통하는데 부닥치면 혼자만 버둥거리는 꼴이다. 골백번 알아도 실천을 못 하는데, 실력은 높아서 어찌어찌 다 충당하는 셈이야. 어째 제 사람들한텐 저리도 겁이 많은지 모르겠군."

생각에 잠겨 있는 내게 이용택 관장이 손을 내밀었다.

"사냥에서도 공헌도에 따라 소유권이 나뉜다고 하더구나. 그렇다면 이 보석은 내 것 맞지? 내놓아라. 내가 쓰겠다."

두말할 필요가 없이 보석은 그의 소유였다. 내가 고개를 끄덕이자 루타타가 이용택 관장에게 신위의 보석을 주었다. 그는 인식 과정을 마치며 반탄이라는 막강했던 힘을 포기하였다.

루-타훔의 심장 근육이 그대로 흩어지더니 남은 것은 무지개처럼 찬란한 빛을 뿜어내는 신위의 보석 원형이었다. 그는 내가 그러했듯이 유나로부터 펜던트를 받고는 이를 매개로 보석을 사용했다.

[사용자의 진명(眞名)을 말하십시오.]

"이용택."

[사용자의 격이 허락하는 염원을 새기십시오.]

귀추가 주목됐다. 과연 그가 어떤 소원을 말할지 궁금했다. 아내인 혜란을 위해서일까, 딸 한나를 위한 기원일까. 확실한 건 자신의 격을 높이는 데 쓰지는 않으리라는 사실이었다.

그런 것에 연연할 인물은 절대 아니었으니까. 이용택 관장이 내가 아닌 두 여자를 힐끗 보았다.

"제자로 씀 직한 애들을 욕심 많은 녀석이 종처럼 달고 다녀서 말이지. 이참에 고리를 끊어주마."

그리고 말했다.

"이상현에게 종속된 강유나와 월향의 자유."

순간, 단어가 울림이 되며 보석에 새겨졌다. 일렁이는 빛이 삽시간에 그녀들에게 어리고 나를 어우르려고 하였다.

저들에게 자유를 주는 것이라면 나 역시 반가이 맞이할 일이다. 하지만 문제되는 것은 자유의 폭이었다.

월향이 복종하고 유나가 곤바로스의 유물을 토대로 내게 얽혀 있던 그 한계를 깨부수는 거면 좋았을 테지만, 방금의 소원은 폭이 지나치게 넓어서 내가 이룩한 신위와 정면으로 배치(背馳)됐다.

신뢰와 단죄라는 펠마돈에, 신위의 보석이 간섭하려던 것이었다. 내가 세운 가치에 대한 공격이자 충돌과도 같았다. 부분만 수용할 수는 없었다.

'이거, 받아들일 수도 없고 난감하군.'

딱 잘라서 끊을 수 없으니 내 펠마돈 자체를 공략하려는 신위의 보석이었다. 이용택 관장의 의도는 이해하고도 남지만 지금 이 방식은 썩 마음에 들지 않았다.

그래도 감수하기로 한 일이니 묵인하고자 했다. 말버릇처럼 자유를 준다고 했는데, 이 정도 손해를 감당 못 해서야 쓰겠는가.

한데 내 몸에 깃든 다른 녀석들은 나와 생각이 달랐다. 칠색의 힘이 온몸으로 스며들 즈음, 양손의 일그러진 륜이 톱니바퀴를 회전시켰고 왼쪽 다리에서는 살가죽이 쩍 벌어지며 세 개의 입과 이빨이 나타나 뭉텅뭉텅 빛을 씹어먹었다.

수챗구멍에 물 빠지듯 쭉쭉 양손으로 들어오던 빛이 삽시간에 물러갔다. 도마뱀이 꼬리를 자르듯 자기 살점을 내어준 신위의 보석은 일곱 가지의 색 대신 파란색과 보라색만 남은 채 한결 옅어진 빛을 내뿜었다.

[강력한 방해를 받았습니다. 차선책으로 대상을 강화합니다.]

작아진 보석에 금이 쩍 갔다. 둘로 나뉜 두 힘이 각기 유나와 월향에게 오롯이 스며드는 것을 끝으로 기적은 마무리됐다.

저편에 존재하는 나의 성역과 신전에 두 채의 건물이 솟아나는 것도 그때였다. 꽃밭이라는 표현과 성이 어울리는 유나의 영토와 넓은 수련장에 덩그러니 오두막집 하나가 놓인 월향의 영토였다.

성역 내부에 자리한 두 개의 독자적인 공간이었다. 이용택 관장이 서로 교류하는 색색의 빛을 보더니 턱을 쓰다듬었다.

"속박에서 풀어주려 했건만, 어째 더 강화된 듯하구나. 이건 종속이 아니고 진정한 공동운명체라도 된 모양새로군."

"어찌어찌 그리됐습니다만, 이번엔 조금 경솔하셨다고 생각합니다."

염원을 정확하게 말하지 않고 어떤 상의도 없이 바로 내게 사용한 것 모두 그답지 않은 행동이었다.

그 말에 이용택 관장이 고개를 저었다.

뒤이어 자신이 들고 있던 펜던트를 유나에게 돌려주면서 '딱!' 소리가 나게 꿀밤을 먹였다. 그는 이를 끝으로 자기 일을 마쳤다는 듯 뒤편에서 섰다.

아픈 머리를 부여잡고 혀를 쏙 내밀고 웃는 유나를 보고 비로소 이해했다. 이용택 관장의 염원을 펜던트를 통해 전달하며, 그녀가 작은 수를 썼다는 사실이었다. 자유의 의미를 확장해서 내 몸에 깃든 괴물과 륜을 자극하는 것 모두 그녀가 계산했던 범주였다.

"왜 그랬습니까?"

"중요하고 급한 일은 다 해결됐잖아요. 지금은 이를 테면 보너스 스테이지죠. 천공수도 이렇게 함께 오르는 거니까, 이모저모로 같이 경험하면 좋지 않을까요?"

물음에 대한 유나의 답변은 실로 맹랑했다. 반면 핵심을 정확하게 본 것도 사실이었다. 신진권이라는 문제는 진즉 해결했고, 남은 건 곤바로스와 융켈에 대한 내 호기심뿐이었다.

섭리라는 이름으로 회귀를 통해 증발한 그의 존재이니, 유물을 모두 획득한 우리는 자유로이 살아가면 된다.

"루-타홈이 아까 우리를 보고 융켈이라고 지칭했었는데 그 부분은 궁금하지 않으십니까?"

"뻔한 얘기를 굳이 궁금해할 것까진 없죠. 이게 융켈이잖아요?"

유나가 자신의 책을 들었다. 곤바로스의 유물이자 만들어진 존재, 시스템의 관리자이자 심판자인 융켈이 곧 이와 같다고 했다.

"월향을 칭한 건 아니었으려나요?"

"비틀린 섭리를 거머쥔 상현 씨가 현실의 곤바로스죠. 과거의 융켈은 이 책이고, 월향은 현재의 곤바로스인 상현 씨가 만든 존재. 회귀판 융켈이랍니다. 간단하죠?"

"그게 루-타홈의 말만 갖고 추론이 가능한 거였던가요?"

"제가 원래 이쪽 담당이잖아요. 상현 씨가 힘을 쓸 때만은 못하지만."

가슴을 활짝 열며 '에헴' 하는 유나였다. 머리칼을 슬쩍 찰랑이는 모습이 어떤 각도에서 자신이 가장 아름다운지 확실하게 아는 모델 같았다.

"예전과 정말 달라지셨군요."

"그땐 겁을 먹었고, 지금은 상현 씨가 그런 거 못하는 사람이라는 걸 잘 아니까요. 의도를 중요하게 생각하고 선만 넘지 않으면 뭘 해도 괜찮은 사람이잖아요. 내 마음 알죠?"

처음 보았던 그녀의 모습처럼 환히 웃으며 손으로 V 자를 만들었다.

할아버지의 무릎에서 응석을 부리는 손녀 같았다. 이를 본 월향이 따끔하게 한마디 했다.

"적당히 까부는 게 좋습니다."

루타타의 날개를 잡아서는 양손으로 감싼 뒤 내 머리 칼 너머의 공간에 그대로 던졌다.

『깡패!』

나오면 손가락으로 때려주려는 기세였고, 그 탓에 유나와 월향이 눈싸움을 벌였다. 이용택 관장이 다 안다는 듯 팔짱을 꼈다.

"내 말이 맞지? 우유부단해서 넌 그저 휘둘릴 팔자라는 거."

"저한테 그런 말을 하는 사람은 관장님밖에 없을 겁니다."

"다들 옹이눈인 게지. 그나저나 딸아이 말고는 제자

거두기가 영 어렵군."

말하면서도 그다지 아쉬움은 없다는 투였다. 그렇게 3층을 마무리한 우리는 연이어 4층에 도전하기로 했다.

아까의 설움을 풀 기세인 듯 월향이 호쾌하게 나서고, 유나 역시 함께 걸음을 내디뎠다. 보란 듯이 손을 위로 뻗은 것은 유나였다.

선홍색 구체와 짙푸른 구체 두 개가 떠올랐다. 열기와 한기가 느껴지는 두 구체를 천장으로 날린 뒤 합치니 막대한 충격파가 공중에서 터졌다.

"무공은 익히지 못했지만, 자신만의 방법으로 모두 재현해 내더군."

"마법입니까?"

"토대는 월향의 건곤벽(乾坤闢)이다. 무슨 생각인지 기를 쓰고 나를 죽이려고 하더구나. 덕분에 너 없는 사이 여러모로 실전 수련이 됐었다."

"승률은 어떻게 됩니까?"

"1승 0패 24무."

굉장히 황당한 승패였다. 저게 말이 되나 싶어 하자, 이용택 관장은 슬쩍 내 뇌리에 언급했다.

-지는 걸 어지간히 싫어해야지. 몇 수 이익을 본 다음에 무승부인 양 정리를 했다. 열 번쯤 넘어가니 지금처럼 제법 귀엽게 변하더군.

강자로 인정하고 은근히 스승인 듯 스승 아닌 듯 대우한 게 그때였다고 말하였다.

"월향과 관장님의 겨룸이었다면 섬이 스물다섯 개는 날아갔겠네요."

"아니다. 네가 비슷한 강자들과 천공수에서 어떤 격전을 벌이는지를 유나가 예상하고 계산했지. 이를 토대로 수련장을 재건축했는데 이게 물건이더구나."

역변의 흙을 대량으로 퍼오더니만 별의별 것을 다 만들었다며 이용택 관장이 회상했다.

"아무래도 날을 잡고 차분히 기억을 확인해야겠네요. 저만 놀라운 시간을 보낸 줄 알았는데 현실도 그 못잖았나 봅니다."

내 말에 그가 웃었다.

"예전에 한나의 일기장을 훔쳐봤을 때가 떠오르는구나. 학교 앞에서 파는 비밀 일기장이었지. 쉽게 열리는 자물쇠로 잠그는 일기장. 그때 그거 열어보고 갖고 싶은 선물을 사줬다가 두 모녀에게 정말 혼났었거든."

짧은 과거사를 하며 전하는 메시지는, '너무 다 알려고 하지 말아라'였다. 앞에서 권능에 가까운 위용을 자랑하는 둘을 보는 내 생각은 '글쎄'였다.

"모르는 건 아니지만 지금 이 사태는 그 정도로 치부하기 어렵지 싶은데요."

"똑같다. 규모가 커지고 세계가 확장됐을 뿐이지. 상현아, 너도 요령이나 비전이나 그게 그거라는 걸 알지 않더냐. 대동소이하다는 걸 깨우쳐야 무공의 틀에서 자유로워지듯, 아이를 보듯 어른을 보고, 어른을 대하듯 아이를 대하는 게 좋다."

"관장님처럼 그녀들도 믿으라는 말씀이시군요. 그런데 제가 잘못 들은 게 아니면 유난히 처자식에 대해서 말씀하시는 거 같습니다만."

"미래에선 처자식도 내팽개쳤다면서? 유희를 여러모로 즐기고 말이지."

그 말이 송곳처럼 깊이 파고들며 나는 확실하게 마음에 새길 수 있었다. 누구나 은밀한 자기만의 공간이 있기는 해야 한다는 사실이었다.

"비밀 일기장은 절대로 안 들춰보겠습니다."

"그래야지. 한데 넌 숨길 공간이 없으니 걱정이구나.

네 무모한 용기가 실로 대단하다."

"…그래서 붙잡혀 산다고 하시는 거였군요."

관자놀이를 짚게 되는 언사가 아닐 수 없었다. 내 펠마돈은 관계에 너무 결핍되다 보니 생긴 신뢰의 상징이었다. 혼자일 땐 외로워서 그랬지만, 함께하게 되니 은근히 불편한 점이 새록새록 생기게 된 것이다.

그러나 이 정도라면 감수할 만했다.

"그녀들 같은 사람이 더 생기리라곤 쉽게 생각되지 않습니다."

"재주 부리는 곰이 행복하다면 그걸로 된 거겠지."

"서커스랑 다르게 우리는 곰이나 사육사처럼 묶여서 지내는 건 아니니까요."

옅은 미소로 대답하는 이용택 관장이었다. 사견을 마친 우리는 저편의 광경에 이목을 집중했다. 책이 펼쳐지고 유나의 마법이 3층의 마력과 나와 호환되는 신전의 힘을 끌어가며 막강한 파괴력으로 천장을 찢어발겼다.

휑하니 열린 구멍에 연거푸 작렬한 마법이 웜홀과도 같은 통로를 열어젖혔다. 그러고 나서 월향이 발을 구르자, 일행의 발아래로 싸늘한 한기가 맴돌았다.

곧 얼음 기둥이 아래로부터 위로 쑥쑥 자라더니 천장 너머까지 잇는 고속 엘리베이터가 됐다.

"주인님, 4층 인증을 부탁합니다."

속도를 조절하여 내가 가장 먼저 이르게 한 월향에 따라 '나'라는 열쇠가 바로 천장 너머에 한 점을 자극했다. 다리를 속박하는 사슬로부터 흐르는 바람 문양이 빛을 발하자 저편에서 대응점이 나타났다.

다음은 이전과 마찬가지로 유나가 부서진 경계에 핀 포인트를 찍고 직렬로 연결하는 것이었다. 검은색의 물처럼 자리한 경계를 넘어서자, 잠시 혼곤한 잠에 빠져들 듯이 의식이 멀어졌다가 이내 확 돌아왔다.

깜빡 기절했다가 정신을 차리는 것과 흡사한 느낌이었다.

여닫힌 문을 경계로 다른 풍경이 펼쳐졌다. 허리까지 자란 억새가 멀리서부터 불어오는 바람에 물결치듯 고개 숙이며 출렁이는 이곳은 드넓은 벌판이었다.

건조한 바람과 햇살의 중심에는 고인돌과 스톤헨지를 연상케 하는 거대한 바위가 턱턱 박힌 곳이 있었다. 그곳에는 갈색 털에 검은 줄무늬를 자랑하는 큰 호랑이를 탄 한 여성이 있었다.

짙은 회색의 피부. 두 눈을 천으로 가린 그녀의 귀는 뾰족하고 반월형 칼 두 자루와 롱보우를 쥔 사냥꾼의 모습이었다. 아마조네스와 암살자를 연상케 하는 그녀가 손을 들었다.

억새가 출렁이며 수만 마리의 뱀과 짐승이 모습을 드러냈다. 이에 월향이 나섰다.

"4층은 내 차렙니다."

"왜? 마지막이 더 좋지 않아?"

"기회는 지금 잡아야 한다고 했습니다."

"가위바위보로 해."

"싫습니다."

그녀가 활을 우리 쪽으로 겨누는 순간, 유나가 한 손에 책을 펼치곤 허공에 흐릿한 잔영을 남기며 나아갔다. 그 찰나, 월향이 땅을 박찼고 매서운 파공성을 내며 단박에 들판을 주파했다.

매서운 바람에 확 밀렸다가 월향의 움직임에 따라 진공상태가 만들어지며, 유나의 옷자락이 마구 나부끼고 빨려 들어갔다. 그녀가 균형을 잡는 사이 한참 다가선 월향이 억새를 즈려밟고 흩날리는 눈송이처럼 잔상을 만들었다.

전 방향으로 뻗어나가는 짙푸른 한기가 바람에 휘어진 억새를 꽝꽝 얼렸다. 삽시간에 계절을 겨울로 바꾸고 북풍한설이 몰아치는 운용은 절정의 환혼력이었다.

펼친 수법이 탄주하는 악사의 손처럼 대기를 매질했다. 하나하나가 모여 108수를 완성하고 거대한 벽으로 밀어붙이더니 크게 후려치는 강맹한 주먹으로 변모했다. 전면을 통째로 압살하는 거인의 일격이었다.

'발테리아스를 권으로 펼치다니.'

어우러지는 무의 정교한 이치에 절로 감탄사가 나왔다.

"실로 천재적이군요."

"저거 맞으면 상당히 아프다."

턱을 어루만지는 이용택 관장의 말에 '보통은 죽지 않을까요?' 라는 물음은 내려놓았다.

극패와 극한의 권형이 통째로 다가오자, 자잘한 뱀과 짐승들이 모조리 깨부숴졌다. 루-타홈 때와 마찬가지의 상황이었다.

범위에 들어와야 반응하는 경비로봇처럼 저편의 여인이 그제야 한 대의 화살을 거머쥐고 당겼다. 쭉 당겨진 시위가 놓아지는 순간, 묵직하게 권력을 밀어대던 월향이 땅을 박차며 황급히 도약하며 피했다.

"위험!"

유나가 책장을 찢어 날렸다. 삽시간에 전면에 마력 실드가 겹겹이 펼쳐졌고, 그와 동시에 '쨍! 쨍!' 거리는 유리창 쪼개지는 소리가 연거푸 울렸다. 책을 들어서 막는 찰나 고속으로 회전하는 화살이 잠깐 비치는가 싶더니, 굴절되어 4층 벽에 틀어박혔다.

정확하게는 깊은 구멍만 남긴 채 사라져 버렸다. 월향의 권은 가운데의 작은 구멍만 뚫린 채 여전히 4층 전면을 휩쓴 상태.

바위 건축물마저 얼리고 깡그리 부수는 파괴력이었지만 그녀의 화살은 막지 못했다.

"우와 깜짝 놀랐네. 7성륜의 7좌인 순행의 소티스네요. 꿰뚫지 못하는 것이 없다던 전설의 궁수다워요."

책이 멀쩡한지 휙휙 돌려본 유나가 몸을 부르르 떨었다. 천만다행하게도 월향의 권을 가볍게 꿰뚫은 화살은 책에 흠집도 내지 못한 상태였다. 신위의 우위가 확연해서였다.

그즈음 평탄해져서 눈발처럼 얼음 가루가 흩날리는 4

층에 우뚝 선 것은 두 개의 얼음 동상뿐이었다. 소티스와 호랑이가 정교한 얼음 조각이 이미 승패가 갈렸음을 표했다.

남은 것은 머리를 부수는 것뿐.

그러나 월향의 행동은 손끝을 튕겨 작은 균열을 만드는 것이었다. 이용택 관장이 루-타훔을 깨운 것처럼 그녀 역시 진정한 사도와 맞서고 싶다는 의지의 표명이었다.

"자존심이 쉬운 상황도 어렵게 만들게 마련이죠."

"그게 낭만 아니겠느냐."

유나가 뺨을 긁으며 웃었다.

"추측은 아무래도 5층에서 직접 제가 확인하는 수밖에 없겠네요. 이러면 실력 발휘를 못할 텐데, 궁금은 하고. 에이~."

푸념하는 유나가 얼른 이용택 관장과 나 사이에 섰다. 조금 전과 같은 관통의 화살이 재차 날아올지 모르니 안전지대로 피한 거였다.

얼음 조각이 떨어지며 피륙에 감춰졌던 소티스가 눈을 떴다. 마주 선 월향을 보는 그녀는 루-타훔 때와 마찬가지로 유기질이 아닌 금속성의 육체를 갖고 있었다.

오닉스처럼 검은 광택의 몸으로 부분, 부분 도드라진 여성의 굴곡이 드러났는데, 마치 현실의 파워 슈트를 입은 능력자와 흡사한 모습이었다.

타고 있는 호랑이는 오직 두 가지의 색으로만 이뤄졌다. 하얀색과 붉은색이었다. 대리석으로 조각한 호랑이에 붉은 핏줄이 굵게 돋아난 것 같았고 특히 두 눈과 이빨이 선명하리만큼 새빨갛다.

눈꺼풀을 올리자 새카만 그녀의 눈이 월향과 우리를 모두 담았다.

"모힘트라로부터 내게 죽음을 허락하는 이가 나타날 줄이야……."

그녀는 눈앞의 월향을 보고는 눈을 지그시 감았다가 떴다.

"영원한 속박에서 내게 죽음의 자유를 준 그대에게 감사를 표합니다. 이계의 무사여, 그대의 이름은?"

"이상현 님의 권속이자 수호 무장인 월향이다."

"나는 잊힌 신의 사도, 순행의 소티스입니다. 마지막으로 나의 주(主)께 인사를 올려도 될는지요?"

적의를 보이지 않고 검은 광택을 자랑하는 활과 두 자루의 반월형 칼을 내려놓는 그녀였다. 월향이 무답으로 대응하자 소티스는 그녀를 지나쳐 우리에게 다가왔다.

뒤이어 이용택 관장과 나를 지나쳐서는 강유나에게 엎드리고 그녀의 발에 입을 맞추었다. 마치 본래의 자리가 이곳이고 진즉부터 이러기를 기다려 왔다는 듯 경건하며 익숙한 모습이었다.

"주(主)께서 뜻하신 바를 모두 이루기를 소망합니다."

"나?"

"그렇습니다, 나의 주(主)여."

소티스는 미간을 일그러뜨리고 생각에 잠긴 유나에게 미소를 지었다.

"신위가 곧 진신(眞身)이며 권능이 가치이니, 유일의 펠마돈은 오직 당신에게 깃들었습니다. 모든 별을 헤아리는 지혜의 주(主)를 영접합니다. 이번 세상에서는 염원에 현혹되지 마시기를. 당신께서 항상 영원하기를 바랍니다."

"상현 씨가 아니라 나라고?"

유나가 나를 가리키자 소티스는 고개를 저었다.

"그는 흩어진 행운의 주인일 뿐입니다. 다른 존재지요."

"회귀 전에는 신진권이랑 내가 한 팀이었던 거로 아는데?"

"그들 사도는 초월자와 함께 승격하였습니다. 초월한 이는 섭리의 그늘에 들어가는 바, 다이엘란의 역행이라 할지라도 해당치 않습니다. 빈 그릇에 주(主)의 격이 머물렀고, 신진권과 강유나라는 육신은 그저 염원과 정해진 흐름에 따라 움직였을 뿐입니다."

소티스는 유나의 다른 발등에 입을 맞추었다. 이윽고 일어나서는 애틋한 눈으로 보더니 말했다.

"행복해 보이시니 진정 다행입니다. 꼭 마지막까지 지금과 같기를 기원합니다."

"가만. 그게 무슨 말이야?"

유나가 불렀지만, 그녀는 빙긋이 웃으며 대답을 하지 않았다. 대신 이용택 관장에게 다가가 고개를 작게 숙였다.

"실례가 많았습니다. 그래도 당신의 딸과 후예가 우리를 파멸로 몰았으니 사죄는 이쯤에서 끝내지요."

"기묘한 사과로군. 루-타훔이라는 자가 그러던데, 내가 당신들에게 죽었다지?"

"전략적인 선택이었습니다. 그자와 조우한 후 당신과

당신의 제자들이 지나치게 성장하였거든요. 이한나, 경호, 석호를 위시한 그들이 최후까지 우리의 발목을 잡았습니다. 지금 생각하면, 첫 단추가 확실히 잘못 꿰어진 거지만요."

"왜지?"

"당신은 우리의 싸움에 끼어들 생각이 없어 보였으니까요."

"모르긴 몰라도 나라면 그랬을 것 같긴 하군."

고개를 끄덕이는 그에게 소티스가 담담히 말했다.

"우리가 그의 수에 넘어간 탓이 컸었지요. 자신의 권능마저 완전히 교류한 탓에 생긴 일이니까."

"초월했다는 그가 내게 뭘 줬는데 그러지?"

"숨과 홈입니다. 무의 근본이자 혼을 벼르는 인고의 힘이지요."

소티스는 그리 언급한 뒤 유나를 다시금 돌아보았다. 이후 조용히 다가와서 그녀를 품에 안고는 속삭였다.

그 말이 무엇인지는 들리지 않았다. 단지 유나의 몸이 경직됐고, 그녀가 눈을 크게 뜨고 소티스를 보았다는 사실만 알 수 있었다.

'어째 분위기가…….'

마치 임종을 받아들이는 말기 환자나 패전이 확실시
된 전쟁에 나서는 병사와도 같았다.

스러질 때를 아는 자의 처연함과 단호함을 보니, 자
연스레 지금 보는 모습이 그녀가 남기는 유서라는 생각
에 미쳤다.

이용택 관장이 내게 은밀하게 뇌리로 전달했다.

－네 생각은 어떠하냐? 내 보기엔 혈육 관계 같던데.

－적어도 그 못잖은 관계임에는 분명해 보입니다. 이
상하긴 하군요. 신과 사도의 관계인데 루－타홈과는 사
뭇 다릅니다.

－이쯤 되니 슬슬 나도 미래가 궁금하군. 여기에 너
를 지나치게 배제하는 것도 분명히 이유가 있다고 본
다.

－짐작 가는 바가 있으십니까?

－아직은. 하나, 명심해야 할 화두임에는 분명하다.

나 역시 같은 생각이었다. 여하간 소티스는 기이한
사도였다.

충성해야 할 수하라기보단 끈끈한 피로 이어진 관계.
더 깊고 애틋한 느낌을 받았다. 사랑이기는 하되, 남녀
의 사랑이 아닌 짙은 정(情)이 있었다.

더불어 내 성역에 속한 그녀이기에 나는 유나의 정신 세계가 살짝 흔들리고 있다는 것을 여실하게 느꼈다. 뭐라고 속삭인 걸까, 문을 확 열어젖히면 듣고 엿볼 수 있지만 나는 거기서 손을 멈췄다.

신뢰의 펠마돈은 굳건했다. 그거면 충분하다.

'이건 루-타홈과는 다른 의미로 대화가 불가능한 상 태로군.'

하나하나 정리하고 임종을 맞이하는 저 모습에 강제로 호흡기를 붙이고 되살리는 것은 가치를 훼손하는 일이었다. 살릴 수 있으나 살리지 못하는 묘한 상황이었다.

그즈음 소티스는 타고 있는 호랑이의 목을 어루만지다가 자신의 활과 칼을 착용하였다. 동시에 월향 역시 자세를 잡았다.

"거리를 양보해 줄까?"

월향의 권유에 소티스가 고개를 저었다.

"여러모로 미숙하군요. 정정당당한 걸 따질 필요 없습니다. 당신의 주(主)께 잘 보이고 싶은 마음은 알지만, 될 수 있으면 삼가길 권합니다. 우선은 상대의 역량부터 제대로 본 다음 여유를 부려야 합니다."

"내 눈엔 충분히 가능해 보인다."

"그럴 수도 있겠네요."

월향의 언급에 딱히 부정하지 않고 그녀가 수긍했다.

"타리스, 우리의 마지막 싸움이다. 가자."

가르릉 소리를 내며 올려다본 호랑이는 이내 월향을 보고 입을 쩍 벌리며 포효했다. 포탄이 터진 듯 쾅 울리는 굉음에 월향의 몸이 덜컥 멈추었다.

"신수(神獸)는 사도의 권능을 공유하고 하나씩의 특성이 있습니다. 타리스의 포효는 공포를 부르고 몸을 굳게 하죠."

뒤이어 응축된 구체가 가공할 열기를 품으며 월향의 몸을 날렸다.

"모든 신수는 공통된 특성으로 파동을 사용합니다. 열파와 진공파를 주로 쓰게 마련이며, 그 이외의 형태는 특수한 힘이고 거듭 사용할 수 없는 권능으로 보면 되지요."

약화된 용의 숨결과도 같은 기류가 그녀의 몸에 어린 환혼력의 기막을 녹이고 옷을 불태웠다. 소티스가 화살을 시위에 걸고 그녀에게 겨누었다.

놓음과 동시에 월향의 몸이 둘로 갈라지며 화살이 빈

자리를 꿰뚫었다.

"권능은 형태를 닮고 강화되게 마련입니다. 외형과 상징을 간과하지 마십시오. 언령의 크기만큼 격을 성취한 이들에게는 그 어떤 사소한 것도 없습니다."

설명해 주는 소티스를 월향이 서늘하게 보았다. 불붙고 그을린 옷을 툭툭 두드리며 꺼뜨렸다.

"나를 통해서 유나에게 정보를 주려는 거라면 실수하는 건데. 주인님이 보시는 앞에서 나를 놀림거리로 만드는 거니까."

"이해해요. 근데, 지금의 당신은 충분히 그렇게 써도 될 것 같네요."

월향이 숨을 잠시 멈추었다.

"유나를 봐서 봐주려고 했는데, 너 안 되겠어."

이용택 관장이 여의측단공을 썼을 때처럼 월향의 몸 곳곳에 박힌 환혼령주가 동조했다. 숨 쉬는 것만으로 얼음 폭풍을 만들어내는 그녀의 위용에 소티스가 고개를 끄덕였다.

"그래요. 항상 전력이어야 합니다. 그래야 우리처럼 되지 않습니다."

길쭉한 선으로 보일 만큼 맹렬하게 들어오는 월향의

질충에 소티스 역시 정면으로 대응했다. 그녀는 자신의 말을 증명하듯 근접전에 뒤로 빼거나 망설이지 않았다.

"거리가 아니라 중요한 것은 간격입니다."

질충의 충격을 감당한 것은 그녀의 호랑이였다. 몸체와 충돌하며 들썩인 월향과 호랑이 사이로 소티스가 시위를 튕겼다. 총탄을 쏘듯 땅에 깊은 구멍이 푹푹 파이며 월향의 몸이 보법으로 잔상을 만들었다.

파문을 그리는 환혼력이 공기마저 얼리고, 바닥을 일렁이는 푸른 기류가 호랑이의 발을 계속 붙들었다. 빙결되는 통에 마찰력이 0에 수렴하자, 소티스의 가슴으로부터 미풍이 일었다.

흩날리는 얼음 가루 덕분에 완연하게 보이는 흐름이었다. 착지하는 것 없이 흐름을 타고 꼬리에 꼬리를 무는 회전이 두 여인과 짐승 사이에 어우러졌다.

혼연일체가 된 듯 그녀의 호랑이가 방어와 이동을 감당하고 소티스의 궁술이 월향의 흐름을 매섭게 끊었다.

"아름답구나."

장거리 무기라는 편견을 깨부수듯 화살을 시위를 당기는 손에 여벌로 든 채 연거푸 쏘는 소티스.

그녀를 쫓는 월향의 보법을 능활한 움직임으로 따돌

리는 호랑이의 보행은 흩날리는 얼음 가루와 어우러져 설원의 춤처럼 보였다. 경로에 드는 것은 실로 남아나는 것이 없었지만 말이다.

나는 수많은 지식과 기억을 되새기며 이유를 찾는 유나의 혼란을 가라앉힐 겸 그녀에게 물었다. 지금은 눈앞의 광경에 집중하라는 메시지를 담아서였다.

"그녀는 어떤 사도입니까?"

유나가 책을 읽는 학생처럼 반사적으로 대답했다.

"첩보, 암살, 저격, 정보 교란을 비롯한 특별한 임무에 최적화된 용병 같은 사도예요. 순혈의 요정족이라 동물과 식물들이랑 대화할 수도 있고, 자연지물을 통한 함정 설치에도 능숙하다고 하죠. 강화된 권능은 순행(循行). 루-타홈과는 다른 의미로 손댈 수 없는 사도예요."

그녀의 화살은 짧은 거리를 꿰뚫고 스르르 흩어지기를 반복했다.

사라진 화살이 옆에 찬 활통에 들어오는 것을 안 월향이 피하는 것을 그만두고 주먹을 꽉 쥐고 투명한 얼음을 몸에 두른 채 정면에서 깨부쉈다.

하나하나 부서지는 화살 탓에 이윽고 활통이 비자,

소티스는 롱보우와 활통을 땅에 두며 반월형의 두 칼을 단번에 뽑았다.

그때부터 후퇴와 회피, 방어를 일삼던 호랑이의 움직임이 반전했다. 계속 추격하던 월향과 충돌하며 쌍수공방을 시작한 것. 한 몸으로 이뤄진 두 적수를 월향은 상대하는 셈이었다.

'강공은 호랑이고 변검과 속공은 소티스의 반월검술이군.'

기다렸다는 듯 육중한 호랑이의 발톱을 쳐내며 연결초식으로 맹공을 퍼붓는 월향이지만, 소티스의 반월검술은 연격에 최고봉에 도달한 듯했다.

벽을 생성하는 환혼장벽을 웃도는 빠르기에 날카로운 베기의 효과가 극대화되어, 월향의 초식을 조각조각 잘라 버렸다.

맨손으로 외공과 장법으로 대응하는 월향의 체모가 갈라지고 옷깃이 조각조각 찢어졌다. 이내 허리띠로 차고 있던 연검을 꺼내 본신의 검술을 펼치는 것으로 대응하자, 도검장이 무쇠를 연마하듯 맹렬한 쇳소리와 폭발음이 쩡쩡 울렸다.

기실 모든 초인과 사도가 그러하겠지만 월향의 재능

은 그중에서도 독보적이었다. 맞춤 대련을 하듯 소티스로부터 경험을 습득하고 아래층에서 루–타훔이 사용한 검술을 적용하니, 일순간 소티스에게 패색이 짙어졌다.

아니, 정확하게는 패색이 짙은 것처럼 보였다. 호랑이가 상대를 경직시키는 포효를 쓴 탓이었다. 월향의 몸이 덜컥 멈추자, 파고든 반월형 칼이 월향의 양팔 근맥을 갈랐다.

강화된 육신과 호신강기로 치명상은 면했지만, 피가 솟구치는 것을 보면 저 칼이 보통 무기가 아님을 알 수 있었다. 추가타를 멈춘 소티스가 재차 당부했다.

"연습은 실전에서 하는 것이 아닙니다. 묘수를 남발하지 말고 자신의 힘을 버리고 끌어올리세요. 더 많이 가져봐야 제대로 소유한 것만 못합니다. 능력도 마찬가지예요."

조언하는 소티스에게 월향은 발끈하지 않았다. 오히려 그녀의 충고를 받아들여서는 최초 보았던 그녀의 표정인 무심의 상태, 아무런 감정도 드러나지 않는 고요한 마음가짐으로 손을 내뻗었다.

광검의 빛이 아닌, 비취와도 같이 순백색을 품은 하늘빛의 손 하나가 나아갔다. 물결치듯 퍼져 나가는 스펙트럼은 하나의 황금 대수인과 놀랍도록 같은 느낌을 주었다.

내가 얻어왔으나 아직 터득하지 못한 그 구결을 그녀가 완성한 거였다. 양혁수의 수많은 공격을 모두 제압한 정점의 무공답게 월향의 손이 정직하게 소티스에게 닿았다.

'전심전력과 정심을 다하는 것이 구결의 요체였구나.'

단순하지만 안다고 하여도 사람에 따라 다른 깨달음이었다. 온 마음을 다한다는 건 말처럼 쉽지가 않다.

타리스라 불린 그녀의 호랑이가 브레스를 내뿜었으나, 월향을 날렸던 진공파는 좌우로 쩍 갈라지며 무력하게 스러졌다. 월향의 손이 호랑이의 두개골을 꿰뚫자, 스르르 흩어지는 눈발처럼 얼어붙고 쩍 쪼개져서는 가루조차 바람에 흩날렸다.

뻗어오는 그녀의 손을 본 소티스는 방어 대신 공격을 선택했다. 가슴 앞에 가위 자로 칼을 모은 뒤, 기도하듯 엄숙하게 몸을 숙였다. 이후 월향의 백색 손처럼 느릿하고 올곧게 두 자루의 칼로 전면을 베었다.

월향의 피부가 베였다. 흰색의 피를 흘리는 채로 백

색 손이 소티스의 칼을 튕겨냈고, 나아가 그녀의 심장에 틀어박혔다.

싸움이 끝나자 우리는 심장부터 서서히 얼어붙어 가는 소티스에게 다가갔다. 그녀는 자신의 할 일을 다했다는 듯 웃고 있었다. 내가 물었다.

"패한 것치고 루—타홈이나 당신이나 생각보다 강하군요. 천공수에 오면서 전력이 높아진 게 아니라면, 당신 같은 사도가 무려 16명이나 되는 곤바로스가 왜 패배한 겁니까?"

"우리가 패배했던 건 욕심과 과신 때문이었습니다. 나의 주(主)께서는 권능을 과신했고, 사도들은 펠마돈과 극의를 욕심냈었지요."

소티스는 유나가 들고 있는 책을 가리켰다.

"적을 사로잡으면 주(主)께서 그의 모든 것을 송두리째 가져오시는 탓이었습니다. 그래서 저는 알리고자 했습니다. 이번에는 그러지 마시라고 말이지요. 전지하다고 전능한 게 아닌데, 주(主)께서는 이를 알면서도 간과하셨습니다. 지나친 예지 능력 때문이죠."

"미래를 훤히 알 만큼 지혜가 높았다?"

"파국은 한순간이었고 변수는 단 하나였습니다. 그것

이 모든 것을 앗아갔지요."

소티스가 고개를 끄덕이고는 월향을 본 뒤 유나에게 웃었다.

"힘을 마지막에 거두신 바람에 작별인사를 한 번 더 하게 되었군요."

"네가 누군지 말 안 해주고 갈 거야?"

"이미 짐작하고 있잖아요? 그리고 과거에 연연한 건 좋지 않습니다. 신위가 곧 사도라는 말은 당신이 유나로서 자각하느냐, 옛 주(主)의 모습으로 현현하느냐는 모두 그에 달렸거든요."

끝으로 나를 보고 당부했다.

"잊힌 신의 이름을 언급하는 것도 삼가는 게 좋을 겁니다. 자주 말하고 간절히 바라면, 염원은 이뤄지게 마련이니까요. 당신 정도의 존재라면 말과 약속의 힘을 잘 알 겁니다. 우리가 왜 주(主)라 부르는지를 새겨주십시오."

소티스는 그쯤에서 아스라이 먼 곳을 보며 '조금 춥네요' 하는 말을 남겼다. 그리고 싸늘하게 얼은 뒤 작은 바람과 부딪쳐 쩍 균열이 갔다. 흩날리는 가루와 함께 남은 것은 오직 옅은 바람이 감돌며 둥실 떠 있는 신위의 보석뿐이었다.

루—타홈 때와는 다른 의미의 정적이 돌았다. 이번에는 사진을 촬영하거나 전리품을 자랑하는 일 없이 유나가 마음을 추스르기를 기다려 주었다. 그만큼 4층은 나보다 그녀에게 더욱 큰 의미를 준 곳이었다.

"만약 제게 권한이 있다면, 그녀에게 주어도 되겠습니까?"

월향이 엎드려 절하며 내게 말했다. 확실히 고무적인 일이 분명했다. 복종하는 듯한 모습은 이전과 같았지만, 신위의 보석이라는 전리품을 자신의 마음대로 써도 되겠느냐고 내게 요구한 거였다.

확실히 3층에서 저들의 격이 강화된 것은 그 효과를 발휘하고 있었다. 내가 그러라고 하자 월향은 보석을 유나에게 주었다. 그리고 유나의 선택은 소티스가 남긴 신위의 보석을 둘로 나눠 반은 월향이, 반은 자신이 삼키는 것이었다.

무엇을 어찌 나눴는지는 뚜렷하게 나타났다. 바닥에 떨어졌던 두 자루의 반월 칼과 장궁이 월향에게 날아들었다. 나아가 호랑이까지 나타나 월향의 앞에 꼬리를 흔들며 엎드렸다.

달라진 것은 월향과 접촉하며 색과 모양이 다소 변화를 보였다는 사실이었다. 월향의 독특한 환혼력과 어우러져 반월 칼과 장궁은 하늘빛이 되었고 호랑이는 길고 질긴 털이 자라 마치 수사자처럼 위풍당당하게 바뀌었다.

유나는 쥐고 있던 곤바로스의 유물이, 그녀의 책이 바람조차 없건만 수십 페이지가 넘어가고 새롭게 채워지며 변화를 마쳤다. 여기에 가만히 눈을 감은 유나의 눈가로 눈물이 뚝뚝 떨어졌다. 소티스의 마지막처럼 옅은 미소를 머금은 채 고요하게 울었다.

이용택 관장이 내게 조용히 다가와서는 물었다.

"어찌할 테냐. 내가 처리할까?"

유나를 슥 보는 시선에 내가 놀라서 얼른 앞을 가로막았다.

"아무 문제 없습니다. 갑자기 왜 그러시는 겁니까?"

"문제가 생길 게 보여서 그런다. 신위의 보석을 두 개나 취했어. 아무리 나눴다 한들 이 정도의 변화를 관리자가 모를 리 없고, 가장 중요한 것은 잊힌 신이 선명하게 자리 잡았다는 거다."

곤바로스를 말하는 거였다. 유나의 정보에 정확하게

자리 잡고 곤바로스를 분명하게 아는 사도가 자리 잡은 만큼, 유나라는 존재성이 미묘하게 달라진다.

일찍이 초월하여 사라진 빈 몸뚱이였다지 않은가. 이는 유나는 자신의 펠마돈이 없는, 곤바로스의 분신체나 다를 바 없다는 의미이기도 했다. 그간 내게 종속되어 중심이 잡혔었는데, 신위가 구축될수록 본래의 특성으로 가까워지리라는 것은 지극히 당연한 판단이었다.

"너 역시 알고 있을 텐데 왜 가만있는 게냐?"

자신 같았으면 조금 전 유나의 행동에 무슨 조처를 했으리라는 의미. 명백하게 잊힌다는 것과 존재 의의에 대해 조금 전에 들었음에도 유나가 한 행동은 이른바 선을 넘은 것과도 같았다.

나 역시 에일락 반테스의 철저한 사고대로라면, 과거 강하성 소장과 주영순을 솎아낸 것처럼 작든 크든 행동했을 것이다. 하지만 신뢰와 단죄의 펠마돈이 내게는 굳건하게 작용하고 있다.

"유나 역시 알고 있었을 겁니다. 그녀가 계산하지 못했을 리 없어요."

"내밀한 속내를 보지 말라 했지, 그녀 자체에 관심을 끊으라 했더냐? 소티스라는 사도를 만난 순간부터 유나는 흔들린 상태였다. 유물이 주는 힘과 기억을 욕심낸 거였어. 만약, 소티스의 말에 연연하지 않았다면 신위의 보석은 네게 전달됐어야 옳다."

"월향이 그녀에게 주었습니다."

"월향이 몇 살이라고 생각하는 거냐. 그녀의 관계는 우리가 전부이고 이제 네 허락으로 작은 자유를 얻은 상태다. 3층 이전과 지금의 차이가 어떤 것인지 잊고 있는 게냐?"

자유의지라는 것. 내게 종속되지 않았다는 건 자신의 시각으로 선택할 수 있음을 의미했다. 그 방향이 과거와 같지 않으리라는 것은 분명한 사실이다. 그러나 나는 유나를 믿고 월향을 신뢰했다.

이에 모두 내가 책임지겠다고 하자 그가 말했다.

"어차피 딸아이의 마음이고 선택일 테지만, 사윗감으로 너를 딱히 막을 필요가 없다는 걸 오늘 알았구나."

"신위의 보석을 내주어서입니까?"

"네가 네 가족에겐 지킬 선조차 없이 무른 놈이라는 걸 봐서 그런다. 이용당하면서도 좋다고 할 만큼 외로웠던 거냐?"

나는 유나와 월향을 보았다. 이윽고 나와 너가 아니

라 우리라는 생각, 가족한테는 다 괜찮다는 내 사고가 다소 비틀렸음을 잘 알았다. 그러나 그게 나이고 내 펠마돈이며, 삶이었다.

이용택 관장의 말마따나 줄 때는 오롯이 주고 그들의 실수조차 내 것일 따름이다. 전부 주고 전부 받고자 한다.

"이 예외가 어떻게 돌아오든, 너는 반드시 책임지고 감수해야 할 거다."

"걱정하지 않으셔도 됩니다. 제 사람들이니 제가 절대로 책임집니다."

혀를 끌끌 찬 그가 돌아섰다. 이제 남은 천공수는 5층뿐. 본래보다 더욱 신위를 보강하게 된 우리이니만큼, 능히 오르고 또 다른 신위를 획득하면 되었다. 이는 여반장과도같이 확실하게 보장된 승리였다.

한데, 그즈음 4층의 지면이 아래로 가라앉기 시작했다. 물결이 일고 철썩거리는 파도가 사방에서 들리더니 실제로 두 발에 검은 물이 자리했다. 삽시간에 암흑이 내려앉으며 뿌연 망령과 허연 백골이 수초처럼 돋아났다.

"오래 기다릴 것도 없이 바로 왔군. 모여라!"

느긋함이 싹 사라진 이용택 관장이 일갈하여 일행을 뭉치게 했다. 유나를 중심에 두고 삼각대형으로 우리가 섰다. 일순간, 정면에 사선으로 핏빛의 선이 그어졌다. 잘린 공간 저편에서 청광을 내뿜는 새카만 뼈마디가 보였다.

"모힘트라! 제가 신위를 취해서 그가……."

탄식을 섞은 유나의 말에 이용택 관장이 단호하게 앞을 보라고 말했다. 월향 역시 딱딱하게 굳은 낯이었다. 존재감이라는 단어만으로도 이미 압도적인 까닭. 지금까지의 일부분이 아닌, 진짜 신을 마주하는 것과 진배없었다.

"전력을 다해라."

"불가능해요. 차라리 도망하는 편이 나아요."

천공수가 초강자들을 가두는 죄수의 성이자 시험의 탑이라면, 모힘트라는 그 모든 죄인을 관리하는 감옥의 주인이었다. 정보에 관해 이를 누구보다 깊이 아는 유나는 불가능함을 알고 얼른 좌표를 찾으려 들었다. 이윽고 이를 멈추었다.

"성역 선포…… 나갈 수 없어요."

"못난 것 같으니라고."

크게 일갈한 그의 노성에 유나가 번뜩 정신을 차렸다. 그녀는 자신이 쥐고 있는 책과 나, 월향을 번갈아 보더니 머리를 흔들었다. 그즈음 그의 의지가 4층에 울렸다.

-필멸자여.

공기를 매질하더니만 심령을 뒤흔드는 목소리였다. 모힘트라가 나타난 것이다. 어찌 대해야 할까. 잠시 고민하는 그때 모힘트라의 대형 낫과 절규하는 망령을 본 이용택 관장과 월향, 유나가 동시에 손을 썼다.

소티스를 잠재운 하늘빛 대수인이 나아갔다. 핏빛 경계를 짚고 나오던 모힘트라가 검지를 뻗었다. 돌연 방망이로 공을 때린 양 월향의 몸이 훌훌 뒤로 날아갔다. 깊어져 가는 물에 빠지려던 그를 사자가 얼른 나타나 받았다.

귀와 눈, 코, 입을 통해 백색의 피를 흘리는 모습이었다. 이용택 관장 역시 번쩍이는 전광에 이어 루-타훔을 절멸시켰던 무공을 뻗었다. 공간 자체를 뜯어버리는 그의 무공에 모힘트라가 낫을 휘둘렀다.

이용택 관장의 손이 세로로 쭉 쪼개졌다. 가운뎃손가락부터 손목, 팔꿈치까지 나뉘어 뼈와 근육이 어떻게 나뉘는지, 어떤 모양인지 여실하게 보이는 듯했다.

예리하게 나뉘어 덩그러니 속내만 보이던 그의 팔에서 뒤늦게 분수처럼 붉은 피가 뿜어져 나왔다. 덜렁거리는 팔과 치사량의 피를 흘릴지라도 그가 일말의 표정 변화 없이 모힘트라를 향해 전진했다.

한 걸음 내디디며 오른손을 뒤로 당긴 뒤 뻗는 일련의 동작. 섬광도, 파괴력도 느껴지지 않는 기척 없는 한 수였다. 그 공격에 모힘트라의 낫이 멈추었다.

-그대의 염원은 모두 이루어졌구나.

막거나 공격했다는 의미가 아니었다. 망령을 휘장처럼 두르고 완전히 나온 그는 이용택 관장 대신 강대한 마력으로 돌연 천장 너머에 운석을 소환한 유나를 보았다.

-나는 전능자의 의지로 진홍색 갈망을 관리하는 자.

모힘트라의 턱뼈가 쩍 벌어졌다. 끈적하고 짙은 어둠이 웅어리져 넘실거리는 그의 입속에서 검은 숨결이 터져 나왔다. 단번에 운석을 지워 버린 그가 텅·빈 시선으로 나를 보았다.

-무욕(無慾)한 자는 심판과 시험의 대지에 있을 수 없을지니, 돌아가라.

모힘트라의 메시지가 끝나기 무섭게 뒤편에서 역류하는 폭포처럼 물줄기가 치솟았다. 소티스를 흡수하며 얻은 사자 신수의 등에서 내상과 외상을 가라앉히는 월향의 자리였다.

월향이 양손을 교차하여 아래로 뻗고 사자 역시 진공파를 뿜어냈지만 물은 충돌하는 것 없이 옆으로 빗기고 흘러 그들을 둥글게 감았다. 뒤이어 이블린의 모습이 언뜻 비치는 현실의 한 건물로 들어가 버렸다.

'그랬구나.'

처음부터 언급한 염원을 모두 이룬 자는 월향을 칭한 것이었다. 쪼개진 두 번째 신위의 보석을 흡수함으로써 일부나마 스스로 선택할 수 있게 된 순간, 그녀를 하나의 인간으로 보고 모힘트라가 등장했다.

하긴, 나를 칭했다면 불멸자라고 했으리라. 다음 차례는 두말할 것도 없이 유나였다.

"정신 차려요."

유나는 생애 처음으로 저지른 잘못과 가공할 모힘트라의 힘과 존재감에 발버둥치고 있었다. 운석 소환 이후 더 크고 정교하게 마법을 사용하지만, 실상은 패닉 상태였다.

이용택 관장의 당부가 있었지만 간섭할 때는 간섭해야 하는 바. 의식을 유나에게로 나누어 그녀의 신전과 정신세계의 문을 모조리 열었다. 발가벗겨 알몸으로 만드는 행위였으나, 우리 사이라면 괜찮으리라 믿었다.

정신의 무장해제가 이뤄지자 유나가 비로소 나를 보았다. 뒤이어 모힘트라가 어떤 존재인지 내 생각을 전해 듣고는 운용하던 마력을 삽시간에 거두었다.

─필멸자여, 열망의 탑에 온 것을 환영한다. 그대의 진명(陳名)은 무엇인가.

모힘트라가 품에서 희뿌연 책자를 꺼내며 언급했다. 이는 월향과는 달리 유나에게는 열망이 있음을 의미한다. 이윽고 그녀가 대답했다.

"저는 강유나입니다."

─그대의 진명(眞名)은 무엇인가.

"지혜입니다."

─그대의 진명(盡命)은 무엇인가.

"행복입니다."

답변에 모힘트라는 들고 있던 책자를 찢거나 가르는 것 없이 다시금 품에 넣었다.

─그대의 갈망은 탑의 시험을 받기에 미흡하다. 돌아

가라.

월향 때와 마찬가지로 첨벙이는 물이 유나를 휘감았다. 열린 저편의 풍경은 대도서관을 방불케 하는 수많은 책과 첨단기기가 즐비한 방이었다. 유나와 똑같이 생겼지만, 연령대는 다른 아바타들이 일제히 이쪽을 보았다.

그들 틈바구니로 유나의 몸이 들어갔다. 이제 나와 이용택 관장만 남았다.

그즈음 눈을 반개하고 천천히 내뻗던 이용택 관장의 주먹이 모힘트라의 뼈마디를 때렸다.

삽시간에 망토 자락에서 악령들이 비명을 내질렀다. 그의 다리뼈로부터 절규하는 죄수의 표정이 번뜩이더니만, 작은 조각이 떨어지며 사파이어처럼 푸른빛을 보였다.

어떤 화려함도, 강력함도 보이지 않은 그의 공격이 모힘트라의 몸에 닿고 피해를 준 상황이었다.

'막았어야 했는데.'

조금 전 월향과 이용택 관장의 상처는 딱 그들이 발휘한 위력만큼이었다. 루−타훔처럼 공격을 되돌리는 것이 아니라 산정한 값만큼 응대했음이다.

모힘트라의 뼛조각 하나가 수면에 닿았다. 곧 아래로 먹물처럼 짙고 깊이 가라앉는 검은 물체가 있었다. 그때, 처음으로 모힘트라의 몸이 빠르게 움직였다.

빙글 회전한 그의 낫이 단박에 뒤편으로 날아가 수직으로 하강. 수면은 물론 4층부터 3층, 2층을 넘어서는 지하까지 단번에 쪼개 버렸다.

깊디깊은 균열에서부터 되돌아온 낫의 끝에는 발버둥치는 괴이한 악령이 있었다. 이를 보자 나의 왼쪽 다리가 후끈거리며 달아올랐다. 펠마돈의 괴물이 즐겨 먹던 괴수와 매우 닮은 모습이었다.

괜히 내 입에서 침이 고이고 입가가 쭉 찢어지려고 들었다. 턱뼈를 빼내어 영체를 씹어 삼키는 모힘트라를 보며 부럽다는 생각이 들기까지 했다.

-필멸자여.

모힘트라가 이용택 관장을 보았다. 외부의 어떤 메시지에도 반응하지 않은 채 몸을 움직이는 그는 무념무상의 상태였다.

-그대의 죄가 크구나. 하나, 나는 갈망을 관리하는 자. 무욕한 자를 심판할 수 없을지니, 돌아가라.

달라진 모힘트라의 태도를 반영하듯 짙은 어둠이 완

벽한 정적으로 만들었고, 차오르는 물과 안개가 더욱 차갑고 뿌옇게 몸을 속박했다.

한층 힘을 실은 그가 정혜란과 한나가 보이는 현실의 통로를 열고 그곳에 이용택 관장을 보내려 하였다. 선물을 잔뜩 준비하고 아빠를 찾는 딸과 곧 오실 거라며, 같이 준비하자는 엄마의 오붓한 모습과 잘 준비된 만찬을 집사들이 준비하는 광경이다.

그러나 무아의 경지에 가족은 들어오지 않음일까. 피해를 전혀 주지 않고 이동시키기만 하는 물의 장막을 이용택 관장이 터뜨렸다. 거대한 존재감을 보이는 오직 그를 쓰러뜨려야 한다는 일념인지 재차 일권을 내뻗었다.

'막아야 하는데, 뭐지?'

보법을 밟았으나 한발 늦은 상태였다. 분명히 내 걸음을 쾌속하게 바람처럼 내달렸지만, 느릿해 보이는 저들의 동작이 가일층 빠르고 뚜렷하게 움직이고 있었다.

내가 물에 비친 허상이라면 저들이 실체라도 되는 양, 거리는 줄어들 듯 줄어들지 않았다.

반응속도와 거리라는 개념과는 다른 진경(眞境)에서의 겨룸인 탓이다. 나 역시 저 경계에 들어서지 못하는 한, 알량한 마음으로 막고 자시고를 감히 거론할 수 없었다.

낮의 움직임이 이용택 관장의 주먹만큼이나 완고하게 충돌했다. 고요한 정적 속에서 소리도, 충격도 없이 부딪치더니 이용택 관장의 오른 주먹이 그대로 튕겼다.

활짝 열린 그의 몸이 위아래로 쭉 갈라지려는 찰나, 뒤로 물러서는 한 걸음이 아찔하게 스쳤다. 자리에 머문 듯 다른 공간에 존재하는 위상 전이의 보법이다.

이를 본 모힘트라의 잿빛 망토로부터 상어의 이빨처럼 날카롭게 와작와작 씹는 영체들이 날아들었다. 그것은 저마다 날다가 텅 빈 허공을 때때로 짓씹었는데, 그럴수록 정면에 서 있는 이용택 관장의 팔과 몸과 다리의 살점들이 뭉텅뭉텅 잘렸다.

순식간에 혈흔이 낭자한 그가 주춤 물러서며 양손을 크게 휘저었다. 반월형의 태극을 완성함과 동시에 모힘트라의 낮이 그 중심을 갈랐다.

낮 일부가 모힘트라의 등 뒤로 삐쭉 나오고, 남은 부분이 이용택 관장의 몸에 그대로 박혔다. 루-타훔의 일체화 기술을 그에게 써먹은 것이다.

그러나 모힘트라는 금방 악령들로 수복되었고, 실제

로 그의 거대한 몸에 비해 되돌려진 낫의 크기는 너무
도 작았다. 이른바 경상이었으나 이용택 관장은 사망
직전에 이르는 중상인 셈이다.

문제는 모힘트라가 다시금 상처 입었다는 사실.

'그랬구나. 그 자체가 루두무라스였어.'

모힘트라의 몸을 구성하고 있는 영체 중에 익숙한 낯
이 보였다.

점점이 부서져서 떨어지는 악령의 일면에서 두 눈과
입이 찢어져라 웃는 피에로와 단번에 보고 다른 방향으
로 뛰어나가는 디칼립스의 몸체가 보였다.

뿌옇고 형체가 모호한 영체였지만, 살과 피를 맡아가
며 일부는 흡수하기까지 한 그들인지라 명확하게 느꼈
다. 다른 악령들 역시 마찬가지였다.

치렁치렁한 머리칼이 수만 마리의 송사리 떼처럼 확
산하며 도주했다. 일렁이는 무형질의 기체부터 인간과
괴수의 형태가 뒤섞인 것에 이르기까지 종류 역시 천태
만상이었다.

이를 본 모힘트라가 잿빛 망토를 펼치며 낫을 크게
휘둘렀다. 움츠린 몸을 활짝 펼치는 기세에 구형(球形)
을 이룬 경계로 사슬에 각기 목과 다리가 묶인 악령들

이 들끓었다.

검은 장막과 깊은 물 전체가 둥글게 맞대어 감옥을 이루더니, 외부에서 줄어들며 하나도 남김없이 탈출한 망령들을 일거에 끌어들였다.

그 서슬에 튕겨 나간 이용택 관장이 모힘트라의 흡입력에 다시금 빨려들려는 것을 잡았다.

비명이 울리고 짓씹는 동안, 모힘트라의 몸 전체는 수만 개의 이빨이고 눈이며 소화기관이었다.

탈주자들을 깡그리 다시 투옥시킨 그가 처음과는 다른, 핏빛의 뼈마디와 날카로운 이빨의 잿빛 망토를 두른 채 푸른 귀화를 두 눈에서 활활 태웠다.

ㅡ필멸자여, 그대의 죄가 심히 크구나!

손을 뻗자 이용택 관장의 몸이 덜컥 흔들렸다. 어떤 상황에서도 무아의 경지를 놓지 않던 그가 막대한 힘 앞에 혼절했다.

모힘트라는 가로막은 나를 없는 존재로 만든 듯, 뒤쪽의 이용택 관장을 자신 앞으로 이동시킨 뒤 절단면을 보이는 왼쪽 뼈를 다시 갈랐다. 쩍 벌어진 그의 몸속에 숨어 있던 천공수의 죄수까지 깔끔하게 수감한 뒤 봉합시켰다.

피해를 완벽히 복구한 것. 분노했다 한들 자신이 해야 할 일과 지켜야 할 바를 명징하게 이행하는 모습이었다. 아래로부터 물이 솟구쳐 이용택 관장의 몸을 흠뻑 적셨다. 뒤이어 의식을 차린 그를 보고 말했다.

－무욕하다 한들 형벌은 면치 못하리로다.

"그게 무슨 말이지?"

무아지경 상태에서의 싸움을 떠올리지 못한 듯 그가 되물었지만, 모힘트라는 대답지 않았다. 대신 자신의 손에 올린 상태로 돋아낸 뼈들로 사지를 결박한 뒤, 해부 직전의 상대에게 칼을 들이밀 듯 낫을 들었다.

위협하고 내보내려던 때와는 완벽하게 다른 기질이었다.

"졌나 보군. 남은 이들은 탈출한 듯하니 다행이다. 이만하면 나쁘지 않은 삶이었지."

읊조린 그가 초연하게 눈을 떴다. 외면하는 것 없이 무엇이 자신의 몸을 헤집을지 보는 모습이었다.

매끈하기 그지없던 낫은 힘줄과 조금 전에 집어삼킨 망령들로 일렁이는 기괴한 형상인 바, 저 낫에 베이면 결코 쉽사리 죽지도 못할 게 자명했다.

그사이에도 수차례 다가가려 했던 나는 함께 있으나

마주 선 공간이 다름을 알고 방법을 바꾸기로 했다. 유나의 도움이 없으니 위상을 건너기도 쉽지 않다. 비장의 수를 써야 할 때가 지금이었다.

"멈추시오."

양손을 맞잡은 뒤 일그러진 룬을 가속했다. 시간이 멎은 듯 사고가 광속으로 누비며 심안이 4층 전부를 아울렀다.

흐르는 피가 느릿하고 심장의 고동조차 여명의 종처럼 아득히 여운만 남기는 확장된 의식의 세계에서 모힘트라가 비로소 나를 보았다.

정점에 치닫는다고 감히 장담하는 지혜가 모힘트라마저 이해하려 들었다. 휘감은 악령과 낫, 거대한 사신을 통째로 받아들인 내 결론은 처음과 같았다. 적대하면 필패다.

형상화된 집행의 의지. 전능자가 전한 징벌의 낫.

'관장님이 무념무상의 상태였기에 망정이지, 아니었다면 정말 되돌릴 수도 없을 뻔했어.'

오만의 크기만큼 막중한 무게로 반드시 되돌리는 존재였다. 이른바 세계의 중심이자 차원의 감옥이고 그 감옥의 관리자가 모힘트라다.

'승산은 적지만, 시도는 해봐야겠지.'

우선은 이용택 관장을 지켜야 했다.

나는 위상 전이를 사용하여 단번에 이용택 관장과 모힘트라 사이로 이동한 뒤 그의 낫을 막아섰다.

─불멸자여, 그대는 탑을 올라 시험을 받으라.

찰나 속에서 멈춘 그의 메시지에 내가 부탁했다.

「내가 불렀소. 내 책임이니 멈춰주시겠소?」

─그 누구도 타자의 죄를 짊어질 수 없다.

본래라면 그럴 테지만, 이곳은 루두무라스다. 신위의 보석이 자리하며 자신의 격이 감당하는 모든 욕망을 이룰 수 있는 곳. 기회를 제공하는 시험의 탑이었다.

「가능함을 아오. 모두 책임질 테니 내게 주시오.」

─증명하라.

이용택 관장과의 겨룸. 탈출한 죄수를 잡아들이기 위해 대지를 쪼개 버렸던 낫. 힘을 일거에 터뜨리며 위협적으로 변한 모힘트라의 현재 모습까지.

세 번에 걸친 변화를 보인 그가 준엄한 심판자처럼 낫을 내리그었다. 설피 막는다고 어쭙잖게 나섰다간 두 쪽으로 나뉘고 아래에 있는 이용택 관장마저 죽을 터.

'가자.'

펠마돈의 괴수를 불러들였다. 법력이라 칭하는 힘이
자 자신의 세계를 씹어 먹은 존재를 나의 육신에 오롯
이 재현했다. 미간과 일그러진 륜을 비롯한 특정 부위
를 제외한 몸뚱이가 이형의 존재로 거듭나며 발톱으로
그의 낫을 막았다.

양손을 맞잡은 상태로 삼두육비의 형태로 몸이 변화
한 것이다. 한 치의 밀림도 없는 낫과 발톱의 겨룸이지
만 그나 나나 표정은 냉막함, 그 자체였다. 사력을 다
한 싸움이 아니라 시험인 탓이었다.

모힘트라는 잿빛 망토와 다른 손을 사용치 않았고 나
역시 두 개의 얼굴은 물론, 번개를 부르는 꼬리까지 어
느 것도 쓰지 않았다.

일렁이는 그의 눈이 대번에 내 뇌리를 강타했다. 활
활 타오르는 시린 불꽃이 정신세계에 침입하고 파도처
럼 넘실거렸다. 이를 확장되어 광대무변하게 된 나의
지혜가 복잡한 미로를 만들어 가리고 벽을 세워 봉쇄했
다.

모힘트라는 스스로 '전능자의 의지로 진홍색 갈망을
관리하는 자' 라 하였다. 전능(全能)이라는 말은 결단코
가벼이 쓸 수 없다. 이른바 불가능이 없다는 뜻이며,

그 단어에는 조잡한 합리화나 얄팍한 언변은 통하지 않았다.

전지(全知)한 존재와 전능(全能)한 존재. 그의 뜻이 깃든 천공수이며, 그의 의지를 실현하는 이가 모힘트라였다. 세상에서 이기적인 사제가 자신이 원하는 모습으로 형상화한 신들과는 분명히 구분되는 절대자다.

'상처 입힐 수는 있으나 그것뿐이지.'

이용택 관장이 천공수에 흠을 냈지만 탈출한 죄수는 단 하나도 없었다. 힘과 격의 차이가 월등한 것을 넘어서, 이곳은 모힘트라의 공간이며 세계인 까닭이다. 반드시 그러하리라고 정해진 의지를 현자들은 섭리라고 하지 않던가.

─그대는 자격이 있다. 불멸자여, 허무에 속하겠는가?

「차이가 있소?」

정령계의 다른 모습인 마계와 달리 모힘트라는 자료나 정보가 턱없이 부족했다. 있어봐야 미화되고 터무니없을 만큼 빈한했던 터라, 현재의 지혜로도 가늠할 근거가 없었다.

─불망자는 영원토록 불변할 것이며 영세토록 불멸한

다. 그대의 갈망은 거세될 것이며 오직 섭리와 법칙에 종속될지니, 진실로 다시 묻겠노라. 이를 받아들이겠는가.

표정이 저절로 딱딱하게 굳었다. 상당한 페널티였다.

「죄는 5층의 보석으로 해결할 수 없는 거요?」

-죄는 곧 악이며 파멸이라. 그 누구도 타자의 죄를 짊어질 수 없다. 오직 허무만이 이를 수용할 따름이라.

책임진다 하고 돌려보낸 뒤 소원을 이루어 해결하려는 계산에, 그가 불가능함을 표했다.

「만약 거절하면 어찌 되는 건지 알려주겠소?」

-필멸자 이용택의 미래는 소멸하리라. 어떤 대가를 치르더라도, 회귀와 환생을 비롯한 그 어떤 이능을 쓰더라도 그를 되돌릴 수 없다.

「나로선… 거부할 수가 없는 일이군.」

허무는 신위와는 다른 대척점에 있다고 하였다. 무엇이든 가능한 창조의 씨앗이 신위의 보석이라면, 그 틀 바깥에서 되돌리는 힘이 허무이며 그 주인이 모힘트라와 같은 사신(死神)이었다.

그런 존재이기에 모든 통로이자 각 세계의 신위로 가득한 천공수를 관리하고 어떤 사리사욕 없이 맥동하게 할 수 있었다. 신위, 그 자체로만 남은 보석에 초월자들의 의지를 부여하여 하나의 법칙으로 세계에 변화를 가하는 존재.

이를 통제하고 가름하는 사신만이 인과율 없이 타자의 죄를 감당할 수 있다.

내가 맞잡은 일그러진 룬이 서로 갉아먹으려 하는 것을 본 그가 언급했다.

─서두르라. 그대의 시간이 길지 않도다. 불멸자여, 받아들이겠는가?

「그리하리다.」

대답하며 황급히 손을 떼었다. 몸이 제아무리 사라져도 복구시킬 수 있는 것과는 궤를 달리하는, 내부의 영혼부터 근간이 흔들리는 충격을 받은 탓이었다.

새삼 느끼는 거지만, 누구라도 나를 죽이려면 어렵게 공격하고 죽일 것 없이 손을 그저 맞잡게만 하면 된다. 대신 최강의 전투력으로 금방 사태를 반전시키겠고 말이다.

객쩍은 생각을 하는 사이, 확 늘렸던 시간과 공간이 단번에 줄어들어 그대로 흘렀다. 미처 손을 떼기 전이었던지라 모힘트라와 마주 대고 있던 내 발톱으로 충격파가 단박에 터져 나왔다.

곤두박질치는 내 몸이 자칫 이용택 관장을 깔아버리면 어쩌나 싶었는데, 역시 모힘트라는 철저하고 할 일은 제대로 하는 사신이었다.

낮을 막아내는 것과 동시에 이용택 관장이 모힘트라의 손에 열린 통로로 들어갔다. 현실 세계로 되돌아간 그 덕분에 물이 첨벙이는 습지에 빠진 것은 오직 나뿐.

모힘트라는 자신의 해골을 긁어내더니 매끈한 일면을 떼어서는 가면처럼 내 얼굴에 뒤집어씌웠다. 그 상태 그대로 내 몸을 깊이 눌렀다.

─환영한다, 불망자여. 때가 되면 오게 되리라.

침잠하는 몸으로 구물거리는 것들이 파고들었다. 이를 미간의 펠마돈과 일그러진 륜을 비롯한 펠마돈의 괴수가 신명 나게 씹었고, 뼛속 환혼령주까지 빼곡하게 들어찼다. 물질이 아닌 비물질임을 직시하고 나 역시 소울 이터답게 씹어서 배 속에 넣었다.

큰 연못이 한 번에 입속으로 부어지는 것 같았다. 정신없이 먹기를 얼마를 했을까.

「여기는……」

깊숙이 가라앉으며 뼈가 살갗을 뚫고 나와서는 신체

장기가 꽉 말라 비틀어졌다. 오직 한없는 힘의 아우라와 딱딱한 뼈로 재구성된 육신으로 변모할 즈음 나는 몸을 일으켰다.

모두 사라진 장소. 흥건했던 물은 물론, 척척한 습기조차 조금도 찾아볼 수 없는 이곳은 천공수의 4층이었다. 소티스가 죽음을 맞이하고 사라진 일대에 내가 서 있었다.

격전의 끝에 깨끗하게 밀어진 4층에서 지금 내 모습은 어떨까? 어렵게 갈 것도 없었다. 생생하게 느껴지는 내 감각은 지독한 차가움과 딱딱함이었다.

발에 닿는 느낌은 있으나, 그것의 온도나 질감은 느껴지지 않았다. 마치 헬멧 위로 손을 얹었을 때, 안에서 느끼는 둔한 감각 같았다. 시선을 아래로 두었다.

굵은 뼈가 보였다. 짐승의 문신과 수많은 뱀이 쓸고 지나간 듯한 빗살이 수없이 새겨진 뼈였다. 손바닥에는 꿈틀거리며 일그러진 룬이 황갈색과 진녹색의 눈알을 보였고, 왼쪽 다리의 괴수는 이따금 고개를 들어, 내 손을 보며 혓바닥을 날름거렸다.

미간에서는 일각수의 뿔처럼 위로 솟은 나무에 홍옥색 열매가 달렸는데, 이들 역시도 살아 있는 생명체 같

있다.

나무와 열매는 팔짱을 끼고 잘난 척하듯이 우쭐거리다가 왼쪽 다리의 괴수를 보고는 소스라치게 놀라며 움츠러들었다. 펠마돈끼리도 소위 말하는 급이 다른 모양새였다. 라탄트라로부터 얻은 재생의 힘이었다.

빗살 문양에는 보석처럼 박힌 환혼령주를 중심으로 스멀스멀 악령들이 꾸물거렸는데, 심장 대신 뛰고 있는 내 신뢰와 단죄의 펠마돈에 따라 서로의 마찰을 중재하고 문신의 형태로 되돌리는 일을 맡고 있었다.

「망토와 낫은… 어처구니가 없군.」

생각하며 손을 뻗자 뼈마디가 슥 자라서는 굳으며 대형 낫이 되고, 아우라가 모여 잿빛 망토가 되었다. 이러한 내 몸에는 세로로 쭉 갈라진 선 하나가 있었는데, 이것이 모힘트라가 이용택 관장에게 내리려 했던 형벌임을 직감했다.

몸 중심선으로 바람이 통하고 좌우의 뼈가 덜그럭거리며 무너지려고 하였다. 이 흉터를 없애는 방법은 망령을 채워 넣어 수복하는 일일 따름이었다.

「4차 직업은 사신이라 치면 되겠어.」

인간에서 호캄, 소울이터에서 사신이다. 약해지는 일

은 없고 더할 나위 없이 강력해지기는 했지만, 어째 모양새가 점점 이상해지는 건 어쩔 수 없는 일인 듯했다.

잃은 것과 얻은 것을 점검하면, 감각과 이용택 관장의 목숨이었다. 뭐, 나쁘지 않은 결과였다. 목숨을 살릴 기회라는 건 결단코 쉽게 오지 않는 거니까.

문제는 이 꼬락서니로 가족의 품에 돌아갈 수는 없다는 사실. 호캄일 때는 그럭저럭 인정해 줬을지 모르지만, 아예 생명체가 아니게 된 건 문제가 크다.

'머리통 속에 뇌가 있기는 한지 모르겠구나. 이런 걸보면 뇌보단 영혼인 건가? 아니면 같은 걸까.'

나라는 존재의 완성된 상이 어디에 있는지는 바로 알수 있었다.

이마에 뿔처럼 난 재생의 펠마돈을 땄다. 열매를 씹어 입에 넣으니 텅 빈 내부로 들어간 열매로부터 붉은 핏물이 순식간에 퍼져 나갔다. 콸콸 흐르는 물이 점차 끈적해지며 굳듯이 피와 혈관, 근육과 피부가 대번에 구성됐다.

육신을 단번에 휘감으며 만들어진 내 몸은 호캄의 신장에 초창기 내 외형인 이상현의 몸이었다. 여기에서 그쳤다면 분명히 기쁘기 한량없을 것이지만, 애석하게도 전과 다른 점은 분명히 있었다.

"감각이 없다 싶을 만큼 무디다."

신경까지 제대로 복구되었음에도, 두꺼운 옷을 입은 듯한 감각이었다. 대신 정확하게 상황파악은 되는 중이었다. 내가 서 있는 곳의 위치, 밟은 각도와 자세, 손의 모양과 현재의 외모까지.

다시 만날 가족을 위해 보여야 할 표정과 옷차림의 코디까지 제대로 인식됐다. 기쁨, 슬픔, 즐거움, 분노를 비롯한 감정까지도 명확하게 인지되었다. 다만, 내 것인데 옆방에 두고 온 느낌이다.

자연스럽게 느껴지는 것이 아니라 찾아가서 문을 열고 확인을 해야 '아, 이게 즐거움이었구나' 싶었다.

'엔트로피의 차원이 허무와 맞닿은 거였나. 여하간 이 상태라면, 이용택과 모힘트라가 겨루던 경지를 얼마든지 재현할 수 있겠다.'

그러다 하나의 단어가 머릿속에 떠올랐다. 사이보그라는 낱말이었다. 입력된 값을 산출하고 최적화된 움직임을 보이는 기계. 인간처럼 사고하지만, 실제 인간과는 다른 그것.

"알았다. 이 감정이 점점 희석되어 가다가 결국 갈망

이 거세된다는 소리였구나."

상황을 즉시 받아들이고 기본에 충실하기로 했다. 사람이 고프고 가족을 위해 내가 왜 이런 선택을 했던가. 그랬을진대 수단이 목적을 집어삼키는 일은 막아야 했다.

수오지심, 수치심, 측은지심을 비롯한 마음과 배려심을 떠올리며 먼저 옷부터 구성했다.

'아니, 입어야 한다.'

인벤토리를 열어 new century 마법사의 옷을 입었다. 성장하는 몸이다 보니 꼭 품이 넉넉한 사제나 마법사의 옷을 걸치게 된다. 다음엔 5층 천장을 부수고 올라가지 않고 샅샅이 훑으며 계단을 물색했다.

'편법을 쓰다 보니 편법이 곧 일상이 되어버린 게 문제였어.'

습관이 곧 사람이라지 않던가. 내가 인간적인 걸 추구한다면서 정작 평범한 인간다움을 외면하고 열매만 취하려고 했던 실수를 명확하게 알았다.

"당신은 엄격한 존재니까 이 정도는 용인할 거라 믿소."

한 걸음 한 걸음씩 오르곤 5층에 진입했다. 그리고 5

층의 사도를 제압하고 신위의 보석을 획득한 뒤, new century에 소원으로 몬스터 증식을 해결했다. 이제 나로서 비롯하고 빚어진 모든 문제는 해결된 거였다.

이후 현실세계로 돌아왔다. 싸움을 벌였으나 격하다는 생각은 없었고, 신위를 취했으나 이루었다는 기쁨도 느껴지지 않았다.

대신, 정겨운 가족의 모습을 볼 때 가슴 한편이 따뜻해졌다. 팔이 몸통만 할 만큼 붕대를 칭칭 감고 한나가 떠먹여 주는 죽을 먹는 이용택과 그 모습을 웃으며 보는 정혜란을 보며 이를 알았다.

그리고 손가락을 배배 꼬는 유나부터 곁에 아무런 말 없이 다가와 무릎 꿇는 월향을 볼 때 내 심장이 반응했다. '흥!' 하는 소리를 내며 짐짓 못 본 체하는 이블린을 봤을 때는 미안함과 더불어 어떻게 해야 하나, 하는 고민마저도 들었다.

인간적인 일상의 감정과 반응을 가족을 통해서 되새긴 거였다.

"많이 늦었죠? 맹세해요. 이제 이렇게까지 늦을 일은 없을 겁니다."

"그럼 또 그러려고 했었어요?"

"하하. 용서해 줘요. 앞으로 정말 잘할게요."

손이 발이 되도록 비는 것 대신 이블린을 꼭 끌어안아 주었다. 이를 본 이용택이 소갈머리 없는 녀석, 하고 핀잔을 하다가 얼른 죽사발을 한번에 먹었다.

아빠의 입을 막은 한나가 하던 일마저 하라는 듯 내게 엄지를 보였다.

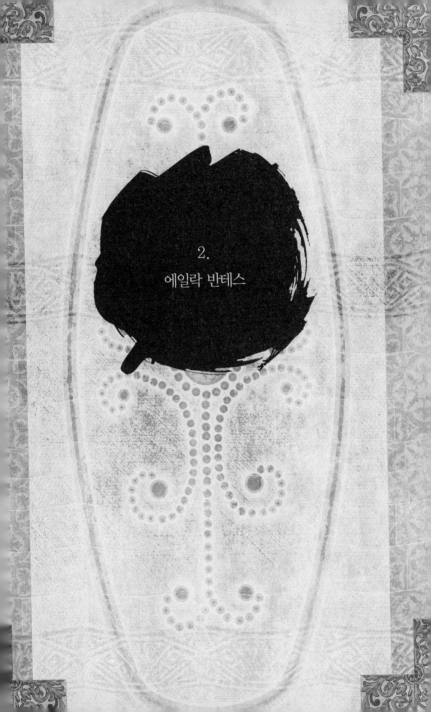

2.
에일락 반테스

현실로 돌아온 이후 한 달을 보냈다. 누군가를 징벌하지도, 세상을 두루 보며 평하고 격을 갖춘 이가 누구인지, 과거와 미래가 어떤 차이를 보이는지는 조금도 생각하지 않았다.

사람을 만나고 사람과 함께하는 시간은 오직 그것만으로 충분히 만족스러웠다. 여기에 가장 큰 도움을 준 것은 인간답게 살아가겠노라는 방식의 전환이었다. 내 삶의 시간과 흐름을 세상에 맞췄다.

날이 밝으면 일어났고 날이 저물면 휴식할 준비를 했다. 계절의 변화에 따라 더위와 추위가 느껴지는 만큼

옷을 바꿔 입었고, 보법을 밟으며 허공을 날거나 위상
전이로 공간을 이동하는 일은 삼갔다.

두 발로 걷고 차량이 더디게 온다고 재촉하지 않으
며, 언제고 준비된 만찬을 상시 누리기보다 식당에서
주문한 뒤 느릿하게 완성되는 음식을 기다렸다가 먹는
일.

그 하나만으로도, 남들보다 빠르거나 느리게 살려고
하지 않는 이 작은 것으로, 일상은 완전히 나에게 돌아
왔다.

하루는 번화가의 카페에서 커피를 마시던 중 한나가
물었다.

"불편하게 사는 게 인간적이라는 건가요?"

"아니. 같은 시간을 살면 된다는 거야. 어깨를 나란
히 하고 가로수길을 함께 보며 걷는 셈이지."

상대를 기다리는 시간은 지루하게 여길 수도 있지만,
더욱 큰 기대와 초조함이 될 수도 있었다.

"언제라도 네가 손 내밀면 잡고 부르면 들을 수 있는
곳에 있어. 함께하는 건 그런 거라 생각해."

그 말에 한나가 손을 내밀었다. 이를 마주 잡자 그녀
가 웃었다.

"오빠, 예전이랑 되게 달라진 거 알아요? 그때보다 훨씬 편해졌다는 거요."

속은 비인간적인 것을 넘어서 탈 인간적이 되었지만, 사람을 이해하고 함께 사는 방식은 지금에야 기본이 된 듯했다. 지금의 나는 문명이나 인간다움이라는 건 종(種)보다는 정(情)의 문제라 믿어 의심치 않았다.

그즈음 이블린이 옆자리에 앉으며 말했다.

"그래도 융통성은 있어야 한단다."

"언니 왔어? 근데 무슨 융통성?"

"이런 거."

손뼉을 치자 손목의 팔찌가 사르릉 하는 맑은소리를 냈다. 저마다 대화하고 노트북을 펼친 채 작업하던 카페 사람들의 시선이 모여들었다.

우연히 힐끗 보았다가 정말 맞나 하며 다시 보고 눈을 휘둥그레 뜨는 모습이었다. 유명 연예인이 바로 옆에 있자 촬영하고 사인 받으려는 종이와 펜을 준비하는 모양새에 그녀가 손뼉을 두 번 쳤다.

사람들이 졸린 눈 비비듯 눈을 깜빡이다가 다시금 이상하다, 이상하다 하며 일상으로 돌아갔다.

"직업이 직업이라서 이이처럼 대놓고 돌아다녔다간

피곤하거든."

"맞아, 언니. 인식장애는 필수라고 필수."

유나가 만든 발명품에는 아낌없는 찬사를 보냈다. 둘 다 최고 등급의 능력자라거나 사회적인 지휘가 대단한 것을 제외하더라도 지나치게 아름답기에 생기는 소소한 문제가 컸다.

나처럼 외모가 평범하면 크게 관계없지만 말이다. 친 자매같이 편안하게 오가는 이블린과 한나의 대화를 들 으며 나는 주위 경관을 보았다.

1년 전과 크게 다를 바 없는 현실의 모습이지만, 만화 나 영화 주인공 코스프레를 하듯 반짝이는 장신구에다 뭉뚝한 칼과 총을 찬 이들도 더러 보였다. new century라는 게임을 통해서 하나씩 부여한 능력자들의 수가 점차 늘어나며 생긴 일이었다.

게임을 통해서 초능력을 가질 수 있다는 사실이 널리 알려지면서, 이제 능력 하나씩은 못 가진 것이 이상하 게 되었다. 새로운 직업이 사회에 추가로 만들어진 셈 이다.

'문제가 아주 없는 건 아니지만, 나설 필요조차 없는 그저 그런 일에 불과하고.'

현실은 진실로 안전했다. 간혹 이런 질문을 할 때만 빼고 말이다.

"근데 오빠. 미래의 내가 그렇게 괜찮았다면서요?"

거짓말 안 보태고 백번 넘게 물어오는 한나였다. 여기에 그녀를 정밀하게 묘사하고 일러주면 나중에 잠자리에서 이블린의 후속 질문이 들어온다.

"난 왜 안 만났을까요?"

두 손 들고 무조건 항복이다.

현실은 아무 문제 없었다.

모힘트라에게 진실로 패배를 경험한 월향과 이용택이 절치부심하여 폐관수련을 하고, 유나가 분석 도우미로서 함께했다는 점. 처음으로 다친 남편 걱정에 정혜란도 같이 그곳에 있다는 사실 역시도 평화로운 일상에 한 부분이었다.

◈   ◈   ◈

월향과 이용택은 역동적으로 하루하루를 보냈다. 모힘트라라는 존재에게 당한 패배가 매우 충격적이었는지, 새로운 무공과 기술 연마에 여념이 없던 것이다.

그 덕분에 수련장을 짓고 건축하면서 고생하는 것은 유나였다. 상대가 전능자가 힘을 준, 최고 등급이라 해도 손색이 없는 신적 존재라고 아무리 얘기를 해봐도 그건 그거, 이건 이거였다.

"저건 불가능에 대한 도전이나 마찬가진데. 하여간 다들 끈기가 넘치신다니까요."

"그래도 둘이 힘을 합치니 발전이 어마어마하긴 하군요. 그냥 제 신전에서 수련하는 편이 훨씬 편할 텐데."

"관장님이 자칫 잘못해서 상현 씨의 기억도 공유할 수 있으니까요. 사실은 모힘트라를 정말로 막고 관장님을 살려 보낸 게 상현 씨잖아요? 자존심 무척 상하셨다고 해요."

최고의 천재 두 명이 절치부심하여 각기 다른 방향으로 성장을 도모했다. 각자 정점에 도달한 후 이를 합치자는 것. 스킬의 극의와 무공의 오의를 뚜렷하게 확인하고 이를 융합하는 방식이었다. 여기에 나 역시도 도움을 주었다.

다만, 에일락 반테스를 생각하면 절로 감탄사만 나왔다. 내가 자리를 비운 시간이 어떤 의미였는지, 현실을 평화롭고 별문제 없다고 계속 확인하는 이유가 사실 그에게 있었다.

같은 시간이지만 참으로 이룩한 것이 다른 탓이다. 어느 정도냐면, 에일락 반테스라는 존재를 스스로 없애야 하나 싶을 정도였다.

'지나치게 굵직한 행보를 보였단 말이지.'

new century의 진정한 혼란은 흩뿌려진 신진권의 분신보다도 오히려 그가 일으킨 상태였다. 현재 대륙은 언데드 군단과 코마 족속과도 같은 이종족들과 란티놀 제국을 중심으로 인간 연합국의 피 튀기는 전쟁으로 혼란스러웠다.

"언제쯤 해결할 건가요?"

한 이불을 덮고 신뢰의 펠마돈으로 기억마저 공유하는 이블린이 이를 모를 리 만무한 일. 그녀가 나긋하게 조언했다.

"당신이 나서면 누구의 편을 들든지 금방 잠잠해질 거예요."

전쟁의 최악은 끝이 아니라 지속한다는 것이다. 싸움이 없다면 좋고 혹, 있더라도 신속하게 끝날 때가 나았다. 이를 위한 방책을 나는 다시금 에일락 반테스의 행보를 되짚으며 찾기로 했다.

노 장군의 행보가 본격적으로 드러난 것은 옛 그란시 아의 땅인 스볼리에서 자신의 부장이자 딸인 실란 미세 란스를 부활시키면서부터였다.

※　　　　　　※　　　　　　※

풀 한 포기 없는 황량한 바위산이 척척하게 피로 젖 었다. 증식의 마석을 통해 수없이 등장하는 쌍두의 외 눈 거인들이 포개져서 냇물처럼 피를 쏟아낸 탓이었다.

감청색 전신갑주를 입은 창백한 낯의 인간에게 마지 막 남은 쌍두의 외눈 거인이 고함을 쳤다. 시체 사냥꾼 이라 불리는 외눈 거인과 그의 늑대들이 이빨을 들이대 고 육중하게 휘두르는 나무가 땅을 훑고 바위마저 으깨 버렸다.

사냥이라기보다는 공포에 질린 발악과도 같은 몸짓이 었다. 이에 에일락 반테스가 손을 뻗으며 읊조렸다.

[쇼크웨이브.]

대기가 물결을 쳤다. 빈 울림으로 뻗어나가던 기파는 곧 완만한 손 떨림에 굴절되며 원형으로 응축했다. 마 치 코마 중령술사의 공격처럼 인력이 일대를 쑥 빨아들이는 찰나, 그가 손을 꽉 움켜쥐었다.

그 순간, 벼락처럼 폭음이 일며 사방을 뭉개는 파괴력이 일대를 아수라장으로 만들어 버렸다. 확 밀려났던 공기가 진공상태의 내부로 급격히 모여들었다. 충격의 중심에 있던 외눈 거인이 멀쩡할 리 만무했다.

뱃가죽이 터져 나가고 한쪽 머리가 없어졌다. 남은 머리는 절반만 남아서 덜렁거리는 상태다. 그것이 죽음으로 인식된 탓일까. 바위산의 동굴에서 늑대들을 거느린 또 다른 외눈 거인이 모습을 드러냈다.

죽여도 죽여도 계속 나타나는 몬스터가 이걸로 99마리째였다.

'시체는 이만하면 됐군.'

검을 뽑았다. 맑은 검음과 함께 줄기줄기 치솟는 그의 환혼력이 구름마저 꿰뚫을 듯 자리하니, 그의 상징적인 기술이자 극의인 발테리아스였다. 내려치는 일격에 산이 꽝꽝 얼어버렸다.

짓이겨져 납작하게 땅과 하나가 된 시체들을 카펫처럼 밟으며 얼어붙은 산등성이에서 에일락 반테스는 동굴에 들어갔다. 증식의 마석을 취하는 것으로 사냥을 종료했다.

쓰지 않아도 되는 극의를 마무리에 꼭 사용하는 이유는 단련에 있었다. 증식의 마석을 흡수하기 전, 몸을 혹사하면 에메랄드 결정이 육신에 녹아드는 비율이 더욱 높았다. 마석의 힘만큼 환혼력이 여실하게 증가하는 것이다.

사냥터 하나를 정리한 그의 눈에 먼발치의 도시가 들어왔다. 정확하게는 스볼리에 자리한 부하의 썩은 육체였다. 이제 싱싱한 심장과 뇌수. 힘줄과 뼈 등의 제물을 모았으니 다시 일으키는 일만 남았다.

그의 눈이 아련히 옛 부하의 얼굴을 떠올렸다. 에일락 반테스는 무표정하게 외눈 거인의 시체를 수납했다.

큰 가죽 포대에 필요한 재료들을 넣은 그는 스볼리의 거리를 걸었다. 핏물이 뚝뚝 떨어져야 할 가죽 포대건만, 환혼력으로 잘 얼려진 터라 누구도 그 안에 흑마법의 제물이 있다는 것은 알지 못했다.

"정지! 당신, 그 포대에 뭘 넣은 거요? 그거 핏자국 같은데."

후드 망토에 사람이라도 들어갈 만큼 거대한 포대. 그의 기이한 행색에 그를 멈춰 세웠던 경비병이 눈을 마주 보고는 몸을 딱딱하게 경직했다. 풍기는 기세와 아우라, 눈빛만으로도 느껴지는 저 위세는 타고난 귀족이며 왕족의 것이었다.

행색이 어떻든 간에 일반인이나 뜨내기가 보일 법한 기도가 아니었다. 경비병이 저도 모르게 외쳤다.

"실례했습니다!"

[수고가 많네.]

"감사합니다!"

어깨를 턱턱 두드리고 지나는 에일락 반테스였다. 소스라치게 놀란 그들은 경례한 그 자세 그대로 숨까지 멈췄다가 나중에야 훅 내쉬었다.

"으으, 대단한 눈이군! 자네, 뉘신지 아는가?"

"나도 잘은 모르네. 그래도 황실에서 오셨을 거야. 살짝 보였지만 갑옷이 실로 예사 물건이 아니었어."

"하긴, 암행하시는 분들이 더러 있다고 하셨지."

"확실히 다르군, 달라."

"그런데 갑자기 왜 이리 추운 건지 모르겠군."

"감기라도 걸린 건가?"

주억거리던 그들이 동시에 몸을 떨고는 어깨를 비비며 입김을 불었다. 그러다 무언가 떠올린 듯 소스라치게 놀라며 서로를 보았다.

스볼리는 옛 그란시아의 수도였던 곳이었다. 지금은 제국의 관리가 머무르는 청사가 된 왕성을 에일락 반테스는 먼발치에서 보았다. 그러나 들어서지는 않았다.

왕성에서의 기억은 보헨 샤온드 국왕과의 마찰로 점철되어 있었다. 추억으로 미화하려고 해보았자 시샘과 두려움, 불편함으로 가득한 눈동자들만이 떠오를 뿐이었다.

그런 그에게 평생을 함께한 다섯의 부장은 하나하나가 피붙이보다도 더 가까운 이들이었다. 능히 등을 맡기고 눈빛으로도 통할 만큼 함께했다. 그 가운데서도 실란 미세란스는 더욱 각별했다.

[나의 딸아.]

전쟁은 잔인했다. 약자에게는 더없이 무자비하고 여인들에게는 생지옥과 마찬가지이다. 그중 하나로 전란에 휩싸인 마을에 능욕당하는 소녀가 있었다. 병사들에게 유린당하는 그 아이를 구한 것이 에일락 반테스의 나이 마흔이었을 무렵이었다.

꽃다운 십 대에 처참하게 꺾인 소녀. 몸은 살렸으나 마음은 죽은 그녀를 포기하고 돌아서는 그때, 흐리멍덩하던 눈에 살의를 품고 절규하듯 외쳤다. 자신도 데려가 달라고. 복수하고 싶다고 했다.

'허허. 심장이 뛸 리가 없는데 요동치는 기분이 드는군.'

에일락 반테스는 생경한 자신의 감정에 잠시 걸음을 멈추었다. 실란의 생전 모습을 떠올리자 저편으로 미뤄두었던 단어가 먹먹하게 치솟다니, 기이한 일이다.

살아서도 주의했고 표현치 않으려 그렇게 애썼던 감정이 죽은 이 몸뚱이와 썩은 뇌에 저장된 기억 속에서 왜 선명히 떠오른단 말인가.

[이상현.]

그의 영향이 분명했다. 인연을 소중히 하는 것을 넘어 과도하게 집착하는 자. 모두 품에 안고 영원히 함께하기를 갈망하는 이기적인 사내. 그러나 그 마음을 누구보다도 잘 아는 또 다른 자신이었다.

에일락 반테스는 옛 수하이자 양녀인 그녀의 이름을 되뇌었다.

[실란 미세란스.]

정신이 지쳐 가던 무렵이었다. 전쟁은 쉬웠다. 다만 빛이 보이지 않는 그란시아가, 일어설 가망이 없는 보헨 샤온드에 대한 실망이 그를 좀먹었다.

그렇기에 평생 하지 않았을 일을 했는지 모른다. 자질 없는 이에게 시간과 정성을 쏟고, 부관에게 맡겨도 될 그 일을 직접 한 것은……

하나하나 가르쳤다. 없는 자질을 다듬고자 골격을 어루만졌고 완성 지경에 이른 검술을 해체하여 오직 그녀에게 맞는 검로를 새로이 창안했다.

지친 몸을 달래주었고 뭉친 근육을 풀어주었으며, 자신의 인생 하나하나를 모두 그녀에게 전해주었다. 그랬던 딸이 이곳 묘지에 묻혀 있었다.

에일락 반테스의 발걸음이 신전 무덤의 문을 열었다. 악령이 출몰하고 귀곡성이 울려 잠을 못 이루는 저주받은 곳. 이를 정화하기 위해 성물을 안치시키는 뮤테르의 신전 무덤이다.

십자 형태의 창을 박아 회개시키는 저 심벌은 참 질리게도 보았다.

밝은 대낮임에도 인적이 드문 그곳의 문에 손을 댔다. 신성한 은으로 만들어진 창살을 쥐자, 은은 손바닥에 달라붙어 푸른 귀화를 일으켰다. 따뜻하지도 않은 시린 불이 넘실거리며 후드 망토를 살라 먹었다.

활활 타오르는 은의 불꽃은 망토만 전소시킨 채 떨어져 풀밭 위를 굴러다녔다. 들어서는 그의 눈에 비석의 전문이 보였다. 신전 무덤이 정화하고 있는 대상은 자신의 딸이었다.

  음탕한 악녀. 실란 미세란스라는 비석 전문의 글씨를 읽은 그가 이를 부쉈다. 역사는 승자의 것이라지만, 날조도 이런 날조가 어디 있으랴. 이해하지 못하는 바는 아니나 담담하게 넘길 수 없는 것은 자신이 이전과 다른 존재가 된 탓이리라.

  '음탕한 악녀라니. 여자로서의 자신을 잃고 울던 아이였다.'

  실란 미세란스에게 용장과 맹장의 자질은 없었다. 그래서 전황을 보며 조율하는 눈이나마 기르도록 철저하게 가르쳤다. 그녀 역시 충실하게 따르며 혜안을 기르는 데 노력했다.

  "왕가엔 희망이 없습니다. 장군께서 나서시면 모두가 따를 것입니다!"

  몇 번이고 왕국을 버리자는 말을 했음에도 그렇지 않

았던 것은 당시에는 충성, 지금으로는 아집에 찬 미련함 때문이었다. 결과는 지금은 사라지고 없는 그란시아의 존재가 알려준다. 자신이 틀렸고 부장들이 옳았다.

신전 무덤의 문을 열었다. 세워진 실란 미세란스의 관을 열자, 안에서 부패한 시신이 모습을 드러냈다. 약품으로 처리한 걸까. 원통함으로 가득한 탓이려나.

50여 년이 흘렀음에도 도려내고 고문 받은 흉터가 역력했다. 썩었으나 처형당한 모습을 능히 알 수 있었다. 잘린 머리에는 바느질 자국이 선명하고 음부에서부터 목을 꿰뚫은 십자형의 창은 잔인함과 상반되는 이름을 가졌다.

죄를 정화하는 성스러운 창이었다. 신성한 빛에 사멸해 가는 영혼의 잔재는 원귀와 악으로 가득했다. 이를 보는 에일락 반테스가 서늘한 눈빛을 보였다.

'원한과 저주라!'

생전에 자신도 숱하게 받았던 것이었다. 그러나 믿지 않았다. 죽어가는 이의 저주 따위, 그에게는 아무런 영향도 끼치지 못했던 탓. 실제로 산 자의 육신은 죽은 자의 염원보다 그 자체로 굳건하기에 효과가 없었다.

원한과 저주는 의미도 없고 같잖은 것에 불과했다.

전장을 누비며 코마 종족을 얼마나 도륙했던가. 단말마를 내지르며 하나씩 차곡차곡 적립된 저주의 크기로 치면 골백번은 이미 죽었어야 옳았다.

그래서 무시했었다. 그러나 지금은 달랐다. 저 썩은 육신에 실란의 원혼이 어려 있다는 사실에 감사를 표했다.

에일락 반테스가 은의 창을 쥐었다. 입구의 불꽃과는 비교도 되지 않는 불길이 치솟았다.

"불이다! 신전 무덤에 불이 났어!"

"잠깐! 불꽃의 색이… 오! 신이시여!"

"사제를 불러! 악마다!"

"마녀가 부활하려 한다!"

고성이 오갔다. 사람들이 모여들었다. 그 가운데서 에일락 반테스는 가죽 포대를 쏟았다. 환혼력으로 얼었던 피와 뇌수. 마석을 비롯한 덩어리들이 철퍽철퍽 떨어졌다.

사악한 것을 태우는 뮤테르의 불은 에일락 반테스의 오른쪽 손등으로 점차 모여들었다. 우습게도 활활 타오르던 순백의 불꽃은 오른손을 스치는 순간 푸른 귀화가 되어 그의 몸을 타고 굴러다녔다. 그리고 그 귀화의 중심에서 양손을 거머쥐었다.

핏덩이가 모여들어 구를 이뤘다. 뼛가루가 모여들어 동그랗게 말렸다. 그렇게 만든 혈주와 혼주. 99마리의 거인을 담은 그것으로 죽은 육신을 복원했다.

[일어나라.]

그는 생전의 실란을 투영했다. 이상현과 강유나가 이블린을 만들 때를 선명하게 그려 완전하게 육체를 구성하였다. 완성된 실란의 눈을 뜨게 하는 것은 영혼.

혼주에 신전 무덤의 모든 악의를 모아 넣자 그녀의 눈꺼풀이 흔들렸다. 이윽고 잿빛 머리칼과 회색 눈동자를 한 실란이 에일락 반테스를 보았다.

"아버지……."

고운 입술이 열리며 그리웠던 목소리가 생생하게 들렸다. 그 아리따움에 그는 내심 스스로 조소했다. 생전의 모습을 그대로 살린 것이 아니라 자신이 알고 있는 가장 젊을 때의 딸로 복원한 탓이다.

오롯한 자신이었다면 결단코 하지 않았을 일이었다. 모두 이상현의 영향이었다.

그러나 기분이 꼭 나쁘지만은 않은 까닭은 무엇일까. 변해가는 탓이었다. 그의 생각과 사상, 그리고 이상현이 가진 펠마돈의 힘까지였다. 에일락 반테스는 이를 거부하지 않고 모두 수용했다. 자신은 불패의 영웅 에일락 반테스가 아니라 패배하고 죄 많은 아비였다.

[그래. 내가 왔다.]

"너무… 너무 늦으셨습니다."

[미안하구나.]

그 말에 실란이 그를 보았다. 그녀가 아는 에일락 반테스의 입이라면 나올 수 없던 말인 탓이다. 그즈음 뒤편에서부터 밝은 빛이 넘실거리더니 무장한 이들을 포함하여 뮤테르의 사제들이 대거 들이닥쳤다.

40여 명의 무리였다. 기도문을 읊으려는 사제를 봄과 동시에 에일락 반테스를 원망과 그리움으로 보던 실란의 눈이 쭉 찢어졌다.

"신의 종자들! 저주받을 것들!"

턱관절이 열리며 손톱이 길어지더니, 고막을 찢어발기는 괴음을 질렀다. 이를 본 사제들이 즉각 대처했다.

"이 사악한 것! 광명의 불이 삿됨을 잠재우리라!"

"불어라, 몰아쳐라! 신령의 찬트를 부르라!"

실란이 검은 기류를 뭉클거리며 달려들었다. 갓 살아난 육체가 피부를 꿰뚫고 뼈마디가 쑥쑥 자라며 붕괴됐다. 그러나 늘어난 뼈가 칼날처럼 예리하고 송곳처럼 뾰족해지니 자체적인 무기화다.

사제들의 찬트가 실란의 괴성을 잠재웠다. 넘실거리는 불길이 흑색 기류를 태우고 병사들과 전투 사제의 두 주먹에 신성이 어렸다. 그리고 이들이 격돌하려는 찰나, 에일락 반테스가 움직였다.

풍류보의 특화 스킬인 질풍을 사용했다. 이상현의 기술을 쓴 그의 몸이 섬광처럼 그들 사이에 자리했다. 이어 좌수로 쇼크웨이브를, 우수로 대수인을 펼쳤다.

충격파에 따라 실란이 튕겨 나가고 40여 명이 덩어리가 되어 굴러 버렸다. 한데, 여기서 그가 예상 못한 피해가 일어났다.

"으아악! 불을 꺼! 흐아아악!"

피를 게워내는 사제들이 산 채로 불타고 있었다. 우수와 맞닿아 귀화로 변한 불꽃이 그들을 태우고 있었다. 그러나 일격에 초토화한 에일락 반테스는 자신의 손을 보았다.

본신이라면 저항 없이 쓸어버렸을 대수인이 자신에게는 강력한 기술 이상의 효용을 보이지 못하고 있었다.

완벽하게 사용했으나 위력은 절대적이지 않았다.

'주의해야겠군.'

그는 관을 부수고 파묻혀 버린 실란의 몸을 추슬렀다. 그리고 검으로 글귀를 남긴 뒤 그녀와 함께 신전 무덤을 벗어났다.

-혼돈의 때가 왔노라. 곧 산 자와 죽은 자의 세상이 뒤집히리라.

란티놀 제국의 조사단이 그의 정체가 옛 그란시아의 영웅, 에일락 반테스라는 사실을 안 것은 이 문구가 네 번 더 드러난 이후였다. 고작 사흘도 되지 않는 짧은 시간에 그는 자신의 부하를 모두 되살린 것이었다.

"최악의 존재가 되살아났구나!"

황제 베샤인 일레그론은 즉시 대언데드 토벌령을 내렸다. 망국의 장군들. 그것도 생전에는 패한 적이 없는 그들이 되돌아왔다. 경각심에 거국적인 움직임이 이는 그때 황명에 즉각 반응한 이는 멜도란의 임시 사령관, 메그론이었다.

"제국의 위기는 곧 나의 기회이니, 이보다 좋을 수가 없군."

변방에서 바로 황도로 진출하기 위해 공을 세울 필요가 있었다. 퓰라라는 대안이 사라진 지금, 에일락 반테스의 등장은 아주 탐나는 먹잇감이 분명했다.

란티놀 제국의 대응은 기민했으나 에일락 반테스는 느긋했다.

[진실로 오랜만이구나.]

경거망동하는 것 없이 옛 부하들과의 해후를 즐겼다. 실란이 딸이라면 남은 4성 장군은 형제이며 아들과도 같았다.

"늦게라도 오셔서 다행입니다."

5성 장군 실란 미세란스는 지장(智將)이다. 전황을 읽으며 작은 단서로 적의 전술과 의도를 헤아리는 안목이 있다. 에일락 반테스 본인이 그리 키웠고 딸처럼 가르친 부하였다.

"죽음조차 대장군님을 어찌하지 못할 줄 진작 알았습니다."

북부 괴수인 호캄처럼 2미터를 훌쩍 넘는 호랑이 같은 거한. 새카만 피부에 눈과 치아가 유난히 하얀 이가 4성 장군 뮬락이었다. 용장(勇將)으로서 돌격과 침투 등 적의 예기를 꺾고 사납게 들이치는 야수 같은 면모로 핏빛 호랑이라 불렸었다.

반면, 불퉁하게 코웃음 치는 이가 있었다.

"죽음의 고통이 잘난 충절도 꺾어버린 모양입디다?"

"테올드! 대장군께 무슨 망발이냐!"

"왜, 내가 틀린 말이라도 했나?"

팔짱을 낀 채 삐딱하게 있는 사내. 뮬락에 비견되는 키지만 그가 호랑이 같다면 사자 같은 기세가 있었다. 3성 장군 테올로서 일찍이 에일락 반테스로부터 맹장(猛將)이라 불리며 전황을 조율하고 전술의 취약점을 본능적으로 간파하는 능력을 갖춘 인물이다.

생전 에일락 반테스는 '지나친 자신감이 자만이 되기는 하지만 능히 일군을 통솔하기에 부족함이 없다' 라고 그를 평한 바 있었다.

"이놈! 잘난 맛에 왕위를 넘보다 처형당한 놈이 감히 대장군님을 욕해?"

뮬락이 몸을 일으킴과 동시에 그의 팔이 거인의 것으로 확대되었다. 재료가 되었던 몬스터의 손이 테올드의 머리를 쥐려 했으나 그는 차갑게 웃을 따름이었다.

"쓰레기 같은 왕보다야 내가 더 걸맞지 않으냐."

"충절을 버린 개새끼가 감히!"

"그래, 그 충절! 그 쓰레기 같은 것 때문에 우릴 버린 자다. 제 잘난 맛에 가서 편안하게 죽어버린 자가 바로 대장군이다!"

순간 뮬락의 손이 멈칫했다. 이를 본 테올드가 부리부리한 눈으로 에일락 반테스를 노려보았다.

"보시오! 우리가 어찌 죽었는지 알고는 있소? 진즉 겁먹은 왕의 목을 치고 왕위에 오르라 간했소이다. 나뿐만 아니라 실란도 그리했고, 무식한 뮬락 이 새끼도 그랬고, 저 병신 같은 호류암도 보고서만 줄곧 날랐었소! 그랬는데 어명에 따라 칩거를 해?"

냉소한 그가 성큼 나섰다. 깊은 산. 달빛만이 비치는 그곳에서 에일락 반테스에게 다가가 그를 내려다보았다.

"어둠의 존재? 부활? 그래, 내가 이깟 게 될 줄은 몰랐소이다. 잘난 당신이 그런 몸으로 살아날 줄은 더 몰랐지. 그런데 뭘 어쩌자는 거요? 죽어서 그란시아가 망하는 걸 보니까 억울하더이까?"

얼굴 가죽이 일그러졌다. 눈가가 찢어지며 생침을 뚝뚝 흘리는 그는 짐승처럼 으르렁거렸다. 무심히 올려보는 에일락 반테스의 눈이 유리알처럼 투명해졌다.

싸늘한 환혼력이 일대를 잠식하니 본능적으로 테올드가 몸을 떨었다. 발끈하긴 했으나 짐승 같은 본능이 있기에 힘의 우위를 뼈저리게 아는 탓이다.

이를 끝으로 에일락 반테스는 옆으로 눈길을 주었다.

그곳에는 코마 종족의 사내가 있었다. 대외적으로는 2성 장군이자 에일락 반테스의 책략가로 불린 호류암. 자신의 종족을 혐오하게 된 기구한 과거를 가진 그는 그저 잠자코 눈을 감은 모습이었다.

전해지는 지긋한 시선에 그가 눈을 떴다. 눈동자 속에 달리 움직이는 또 다른 눈들을 가진 그는 담담히 말했다.

"실란은 죽기 전까지 겁간당했습니다. 뮬락은 그 용력의 비밀을 알고자 해부 당했지요. 강제로 제국의 문신술이 새겨지고 실험당했습니다. 테올드는……."

"말하지 마라!"

고개를 꺾은 그가 이를 갈았음에도 말을 멈추지 않았다.

"키메라가 되었습니다. 몬스터의 사지를 몸에 달고 서커스 무대에 올랐지요. 나중엔 땅을 기고 배설물을 먹다 죽었습니다."

"이 새끼!"

포효하며 달려드는 그의 손이 날카로운 발톱이 되었다. 강력한 마력을 담은 그 공격에 호류암의 그림자가 달라붙었다. 끈적끈적하게 붙은 그것에 힘을 불끈 쥐어 뜯으려는 테올드.

그런 그의 뒤로 내려앉는 인영이 있었다. 새처럼 자유롭게. 그러나 날카롭게 목 뒤를 움켜쥔 그가 변형되는 테올드의 거체를 찍어 눌렀다. 번쩍이는 뇌전이 그를 마비시켰다.

"피란츠!"

"흥분하지 마라."

은발에 푸른 눈. 전광을 뿜어대는 1성 장군 피란츠 벤다이엔.

평민 출신으로 성장한 뮬락과 테올드와는 달리 그는 그란시아 왕국 시절에도 정통 귀족이었다. 일국의 명장(名將)감으로 손색이 없는 왕실의 천재로서 썩어빠진 왕실에 환멸을 느낀 젊은 날에 희망은 에일락 반테스에게 있음을 보고 투신했던 인물이었다.

안간힘을 쓰는 그와 뇌력으로 제압하는 피란츠였다.

환혼력을 보고 독자적인 뇌류를 연성한 그와 언제나 라이벌을 자처했던 테올드는 그답게 킬킬 웃었다.

"그래, 그러고 보니 내 그걸 몰랐군그래. 어이, 호류암. 너랑 이 잘나신 귀족님은 어찌 뒈지셨나? 내가 한참 먼저 가서 그걸 못 봤거든."

호류암은 에일락 반테스를 보며 똑똑히 말했다.

"피란츠는 사지가 잘린 채 종마 노릇을 했습니다. 좋은 혈통이니 그 씨를 노예들에게 충분히 뿌렸지요. 모르긴 몰라도 란티놀에 그의 아이들이 꽤 많을 것입니다."

스스로 가리키는 그의 목소리는 가뭄에 갈라진 땅거죽처럼 건조했다.

"저는 양호합니다. 고작 눈이 뽑히고 껍질이 벗겨지는 정도의 고문이었으니까요. 그 정도에서 술법으로 자살했습니다."

테올드가 피란츠를 보았다. 오뚝한 코. 누구보다 귀족적임을 강조하던 그의 최후에 뭐라 말하랴. 몸을 일으킨 그는 침을 탁 뱉고는 코웃음 쳤다.

"이를 알고 계셨습니까?"

[안다.]

호류암의 말에 에일락 반테스는 간단히 답했다.

"그랬겠지요. 당신은 그런 분이셨으니까."

딱히 어렵지도 않았다. 모두가 처절한 원한을 품은 터라 신전 무덤에서 강제 정화를 당하고 있었고, 그들의 죄명이 적나라하게 적혀 있었던 탓이다.

행간에 과장이 있고 왜곡이 있었으나, 그들이 겪었을 고초를 짐작할 단서로서는 충분할 정도였다. 쉽게 죽지 않았다. 모욕당하고 모두가 한을 품었다.

이는 어려울 것 없이, 그들이 모두 되살아났다는 것이 증명한다. 원한이 없었다면 흑마법 따위에 결코 응답할 리가 없으니까.

현재 마주하고 있다는 사실이 죽음을 거부한 것을 암시하는 셈이었다.

[내가 어리석었다는 사실을 죽은 이후에야 알았다.]

"뭐가 말이오? 보헨 샤온드가 나라를 말아먹어서?"

[너희를 미처 헤아리지 못했다.]

에일락 반테스가 고개를 숙였다. 잘 알았다. 지금 이들의 원망은 한풀이에 불과하다는 것을. 부장들은 죽어서도 깊은 한을 풀지 못했다. 복수의 때를 기다렸다는 의미가 아니라 이대로 떠나기엔 너무나도 원통한 이유였다.

부활하여 자신을 볼 때의 기분이 어떠할까. 욕하고 싶을 터다. 어찌 보면 원인제공자가 자신이니 복수의 대상으로 삼아도 할 말이 없을 정도였다.

그란시아는 그깟 충성만 아니었다면 진즉 새로운 이름으로 다시 나아갈 수 있었다.

그런 에일락 반테스의 모습에 싸움 직전까지 갔던 부장들이 기겁했다.

"대장군!"

"그딴 인사 들으려는 게 아니잖소! 그냥 옛날처럼 뻔뻔하게. 답답하게 말이나 하시오."

그가 숙였던 고개를 들며 작게 웃었다. 틱틱거리지만 아닌 척 정을 보이는 이가 테올드였다. 사춘기 청춘의 면모를 그대로 보고 있으니 어찌 웃음이 나오지 않겠는가.

에일락 반테스의 웃음에 저들의 눈이 조금 커진다.

[누가 버린다더냐? 너희는 죽음 이후는 물론 영원토록 나의 부장이니라.]

테올드가 엉망이 된 얼굴 가죽을 주물러 다시 인간처럼 다듬었다. 화내는 얼굴 사이로 웃음이 지어지니 참으로 엉망진창이었다.

"하긴, 고매하신 대장군께서도 썩은 몸뚱이로 살아나셨으니 오죽했겠소. 좋아. 그 모습을 보고 싶었소."

피란츠가 물었다.

"많이 바뀌신 듯합니다."

[실수는 한 번이면 충분하다. 다른 것들을 위해 목숨을 바치는 것은 만고에 쓸모가 없다. 이는 지난 삶을 통해 뼈저리게 알았을 터.]

"그 말씀은?"

[너희를 살린 까닭은 그란시아의 부활에 있지 않다.]

"하면 무엇 때문입니까?"

[존재의 승격.]

고문 받고 죽었던 만큼 원한을 해결하는 것이 당연했다. 그런데 승격은 무슨 말일까. 이를 물으니 에일락 반테스가 혼주와 혈주를 만들어 띄워 보였다.

[죽음으로부터 돌아와 계약자에게 복종하는 것이 언데드다. 하나, 너희는 나로서 부활했고 흑마법의 속박역시 완화되었지. 이 새로운 삶을 그저 복수와 살육으로 마감할 수는 없지 않겠느냐.]

"회개하라는 겁니까? 지금?"

복수가 빠졌음에 테올드가 분기탱천했다.

[못난 놈. 복수는 당연한 것이니 거론할 가치조차 없다. 그 이후를 봐야지 않겠느냐. 한낱 도구처럼 부려지고 쓰임이 다하면 부러지는 신세가 또 되고 싶은 게냐?]

모여드는 암묵적인 시선에 민망했는지 테올드는 슬그머니 뒤로 물러났다.

[신이 되고자 한다. 너희는 나의 사도쯤이면 되겠구나. 상급신이 된다면 하급신의 신위를 주겠다.]

에일락 반테스는 농을 다분히 담아서 말했다. 그러나 이것이 이상현의 영향을 받은 그의 유머였다는 것을 저들은 알지 못했다.

깊어가는 어둠 속에서 이야기가 이어졌다. 궁극적인 목표는 승격을 위함이고, 이는 위업을 이룩하며 격을 성취하는 것이 구체적인 방법이었다.

에일락 반테스가 란티놀 제국을 당연한 복수의 과제이자 희생양으로 삼은 이유이기도 했다.

[제국을 멸하고 펠마돈의 비서를 모은다.]

곤바로스의 소멸과 융켈의 힘. 펠마돈의 비서가 가진 의미를 간단한 설명과 함께 언급했다. 초월의 단서를 듣던 다섯 장수 중 가장 먼저 묻는 이는 호류암이었다.

"지금의 육신은 빛에 취약할 뿐 아니라 신성력에도 최악입니다."

"세력도 부족하고 제국은 강성하지요."

뒤이은 피란츠의 말에 에일락 반테스가 보인 것은 융켈의 파편이었다.

"부족한 수는 증식하는 몬스터로 대처한다는 거군요."

언데드에겐 더할 나위 없이 효과적인 방안이었다. 여기에 하나가 더 붙었다.

[제국의 적이 우리뿐이겠느냐.]

동맹군을 만드는 것이었다. 든든하게 우방과 함께한다면 승산은 더욱 높아진다. 기실 마음상태만으로는 혼자서 모두 도륙했으면 싶을 만큼 원한이 깊었지만, 그러기엔 제국의 힘이 너무도 강하다는 사실을 잘 알았다.

지난날 무패를 자랑한 것은 출중한 실력과 더불어 나에게 유리하고 이길 수 있는 상황에서만 싸운 덕이기도 했다. 전술과 전략의 기초이기도 한 이것은 누구나 알지만 쉬이 실천할 수 없는 비결이었다.

"하나, 우리는 언데드입니다. 아무리 제국에 반감을 품은 이들이 있다 한들 우리와 손을 잡을는지요."

[이제까지라면 그랬을 테지. 하지만 이계의 지식이 세상에 흩어졌다.]

"명하십시오. 따르겠습니다."

[민주주의라고 아느냐. 화학과 공학이라는 것은? 이 모두가 다른 세계의 지식이고 철학이며 가치관이다. 자의식이 강화되며 기존의 권력과 힘에 대항하는 새로운 체계가 나타날 것이다.]

실제로 혈통은 존재했다. 정치적으로 하늘의 자손이나 귀한 핏줄이라는 의미가 아니라, 물리적인 힘과 압도적인 재능을 타고난 적통이 있었다. 특수한 자격을 가진 자들만 익힐 수 있는 문신술과 마법도 있으니, 태생부터 왕후장상의 씨는 정해져 있는 셈이다.

노예가 평민에게, 평민이 귀족에게 대항하지 못하는 실질적인 이유는 이러한 현실적인 데 있었다. 군주는 특별한 자들만 될 수 있었다. 그리고 단단하게 다져진 이 사고방식에 작은 균열이 스며들었다.

신진권의 존재였다. 이 세계와는 다른 세계와 사고방식을 가진 단초가 무의식중에 자리 잡은 것이다.

[이 변화는 모든 것을 태울 불꽃이며, 성벽을 무너뜨리는 작은 균열이다.]

신진권이 흩어지며 식물과 동물을 비롯하여 지성체들에게 하늘의 비처럼 모두 퍼부어졌다. 이성을 가진 동물이 나타날 것이고 몬스터가 집단화될 수 있다.

약소부족에게 힘이 생기면 권력을 탐하는 이들이 속속 나타나는 것은 실로 불을 보듯 뻔했다.

"이계의 마족은 언데드에 대한 혐오감이 없단 말입니까?"

[그의 다른 이름이 끝없이 분열하는 아메바다.]

극한 상황에 몰린 신진권이 언데드라고 외면할 이유가 없었다. 이는 매우 큰 변화를 일으키기에 충분했다. 내부에서부터 언데드를 수용하자는 의사가 표명되면, 집단은 그렇게 흘러가기에 십상이다.

물론, 체계적인 발전 없이 new century에서 약진을 이루리라고는 보지 않았다. 막상 이계 과학의 총화라는 총과 대포조차 에일락 반테스 본인이 충분히 감당할 수 있을 만큼 마법과 스킬도 무궁한 가능성과 힘을 갖고 있다.

오히려 제국과 같은 강성대국이 이계의 지식을 통해

더욱 극강해질 수 있었다. 실제로 그럴 가능성이 더욱 높았다. 그렇기에 불씨를 키우는 바람이 되어야 했다.

"제국의 핍박. 나아가 인간들에게 원한이 큰 이들이라면 모두가 동맹이 될 수 있겠군요. 여기에 새로운 병기의 등장으로 전술의 체계가 변화할 것입니다."

마법만이 아니라 화약을 중심으로 발달하는 무기에 대한 대응도 필수가 됐다. 현실 세계에서 대포의 등장과 더불어 성이 유명무실해진 것처럼, 항마법진으로 무장한 new century의 성벽도 막대한 물리력에 발맞춰 변화해야 했다.

마법을 더욱 강화할 것인가, 총기류에 대응할 방법을 모색할 것인가, 두 가지가 섞여 새로운 무언가가 탄생할 것인가. 가능성은 열려 있었다.

그러나 그 무엇이든 시간이 필요하고, 그 적응 기간이 곧 빈틈이며 판을 뒤흔드는 운명의 가늠자가 되리라는 것은 다섯 장수 모두가 이해했다.

"하면, 혼란을 틈타 제국을 농락하는 겁니까?"

뮬락이 자신의 주먹을 쿵쿵 부딪치며 호전적으로 말했다.

[순서가 바뀌었다. 제국을 공격하여 혼란을 일으킨

다. 전쟁은 곧 기회주의자들에게 더없는 호재일 터, 이 계의 지식을 이용하여 자신의 욕망을 실현하려는 야심 가가 나타날 것이다.]

"장기전이군요."

다소 아쉬워하지만 모두 수용하고 명에 따르는 뮬락 이었다.

[우선 무장할 엑탈렘을 구하며 정보를 얻어라.]

50여 년 만의 부활이었다. 현재 자신들의 머리에는 옛 지식과 전술만 가득할 따름이니, 현재에 맞게 다시 조절할 필요가 있었다. 나를 알고 적을 아는 것은 승리 의 필수 조건이다.

[이후 증식의 마석을 모은다. 저들에게 가치 있고 분 쟁이 될 수 있는 것들을 남겨야 한다. 자중지란을 일으 키는 데는 모름지기 욕망이 좋다.]

에일락 반테스는 융켈의 파편인 녹색의 결정을 꺼내 다섯을 떼었다. 사냥터라 불리는 몬스터 출몰 지역에서 이를 들고 처리하다 보면 반응하는 물질이 있을 터.

이를 흡수시키는 것이다. 각자에게 방향과 수량. 목 표 지점을 정해주는 그에게 실란이 물었다.

"엑탈렘은 가공이 어려운 걸로 아는데, 아무것이나

구해와도 괜찮을지요."

[내게 제련할 방법이 있다.]

이상현의 지식에 답이 있었다. 그렇게 100일 뒤를
기약한 다섯의 움직임이 퍼져 나갔다.

먹고 자는 생리 활동 없이 마력과 증오로 움직이는
것이 언데드다. 빛에 영향을 받고 신성력에 취약하지
만, 에일락 반테스는 퓰라가 심혈을 기울였고, 이상현
의 일그러진 룬과 무공으로 보강되었기에 전력이 누락
하는 일은 없었다.

반면, 혈주와 혼주로 거인의 생명력을 응축하여 빚은
5성 장군들은 경우가 달랐다. 여타 언데드들보다는 저
항력을 제법 갖추었지만, 존재 본연의 특성을 완전히
벗어나지는 못했다. 저들에게는 일그러진 룬이라는 특
수한 힘이 없는 까닭이었다.

그 탓에 에일락 반테스의 5성 장군은 그 위명과 어울
리지 않게 도둑처럼 은밀하게 움직였다. 중간마다 모조
리 쳐 죽이고 싶은 마음이 불쑥불쑥 들곤 했지만, 존경
의 대상이며 명령권자인 에일락 반테스의 엄명이 있기
에 조절할 수 있었다.

훗날의 달콤한 복수를 위해 그들은 오늘 인내했다. 동선에 겹치는 인간은 사냥할지언정, 에일락 반테스가 정해준 위치를 고수하였다.

살육을 벌일 때는 오직 엑탈렘을 챙길 때와 사냥터를 전전하며 증식의 마석을 취득할 때뿐이었다. 그 신속함에 제국의 추격대가 더디게 반응했다. 애당초 방향을 잘못 짚은 탓도 있었다.

제국에 대한 복수만큼이나 무지했던 그란시아의 최후의 왕, 보헨 샤온드의 무덤도 파헤칠 것을 생각했던 이유였다. 한데, 망국에 대해선 일절 관심이 없어 보였다.

"스스로 충동을 조절할 수 있는 언데드라도 된단 말이군."

"기존의 방식은 쓸모가 없소. 마물이 아닌 영악한 인간을 상대하듯 추격함이 좋소."

"한데, 왜 이리 몬스터가 많은지 짜증이 날 정도군. 발에 채는 게 짐승이니 흔적을 찾기가 어려워."

증식하는 동물과 몬스터를 이용하는 것도 좋은 한 수였다. 무조건 증식의 마석을 모으며 사냥터를 정리하지 않고 행적을 감추거나 제국의 추격대를 교란시키는 용도로도 주도면밀하게 이용했다.

여기에 부하들이 재료를 모으고, 에일락 반테스는 가장 드러나는 행보로 저들의 시선을 끌어모았다. 그 자신에게는 엑탈렘 장비가 필요 없었다.

국보 급 무기인 그란디움 발베란에 보물급 갑주, 에벤티움 화엔타인을 입은 자신이었다. 그렇기에 부하들을 가리고자 더욱 크게 움직였다.

[와라. 너희가 기억하는 대로 어리석은 전쟁을 보여주겠다.]

사냥터인 죽은 자들의 황야에는 미치광이 마법사, 쿤타라는 이름의 보스 몬스터가 출몰했다. 이를 쓸어버린 후 란티놀 제국 동부의 국경 요새인 비바이넨을 급습하여 몬스터를 풀어버렸다.

선 굵게 드러난 그의 행보가 맹렬하게 쫓던 메그론에게 따라잡히는 것은 실로 당연한 일이었다. 용병을 중심으로 한 멜도란의 추격군과 시체를 되살려 병력을 채운 에일락 반세트의 언데드 군단의 1차 충돌이었다.

비바이넨의 경계 탑 너머로 적의 척후가 보였다.

–지금 처리할는지요.

검은 안개와 함께 등장한 이는 주렁주렁 걸고 있는

해골 목걸이와 지팡이로 한기를 퍼뜨렸다. 달그락거리는 뼈마디만 있는 마물로 리치라 불리는 몬스터였다.

한때 필드의 보스 몬스터였던 쿤타는 전도유망한 백마법사였으나, 경지를 높이기 위해 악랄한 인체 실험을 실행하고 수명이 다할 즘에는 흑마법에까지 손을 댄 존재였다. 마법에 능하며 음흉하지만 현재는 에일락 반테스에게 종속당한 쓸 만한 부하일 따름이었다.

[대기하라.]

두 눈으로 푸른 불처럼 마력을 일렁이는 쿤타에게 에일락 반테스가 간단히 말했다. 이후 그의 시선이 바깥을 향했다.

요새의 밖은 천지가 몬스터로 가득했다. 땅속의 오염된 자이언트 몰들이 거친 땅을 푹푹 꺼지게 하였고, 바위 그림자에서 튀어나온 뿔 고블린들은 석양을 등지고 나타난 트롤에게 잡아먹혔다.

나무를 타듯 성벽에 날카로운 손톱을 턱턱 박고 이동하는 거대 원숭이를 비행하던 하피가 날쌔게 잡아챘다. 위쪽에서부터 피와 살이 떨어지면 흥분한 오거가 잡히는 걸 던져 대기 일쑤였다.

통제되지 않은 살육의 향연이다. 이 모습을 적들 역

시 보고 있었다.

"난장판이군요."

"몬스터 대란이 흑마법사들의 소행이라더니, 과연 그런가 보긴 하군."

"언데드가 몬스터들을 소환하니 말입니다."

저편에 등장한 메그론의 용병들이 이쪽을 살피고 있었다. 손 그늘을 만들어 수를 헤아리고 몬스터들의 종류를 파악했다. 자유분방한 복장의 그들과는 면식이 있었다.

일전에 이상현을 마중했던 로이와 아켄, 위젝. 휘파람의 검사라 자신을 소개했던 금발의 로이였다.

"소환은 하는데, 통제되는 건 아닌 거 같군요."

"저들끼리 먹고 싸우고 죽이고 아주 난리가 나는군."

아켄이 힘차게 단창을 내던졌다. 넝마가 된 원숭이를 들고 무리에서 이탈했던 하피가 아슬아슬하게 피하며 빽 소리를 질렀다.

"저거 먹으려고요?"

육포를 씹으며 입맛을 다시던 위젝이 말에 실었던 투척용 창을 들었던 잠시 곰의 환영이 어리고 힘차게 날아간 창이 하피의 가슴을 그대로 꿰뚫었다.

먹을 기대에 찬 그를 아켄이 말렸다.

"그게 아니라, 저것들 상태를 보려고 한 거야."

"상태? 아, 그거 말이군요."

"그래. 껍데기만 불어나는 장난감들인지 말이지. 죽여도, 죽여도 계속 나오고 묘하게 약한 애들 말이야."

대답은 바로 나왔다. 진짜 하피라면 이토록 먼 거리에서 던진 창에 잡힐 리가 없다.

"장난감들이면 수가 많아도 해볼 만하지요."

"약해서 고기는 연하니 좋던데."

로이의 대답에 위젝은 입맛을 다셨다.

"역시 귀향 귀촌이 최고 같아. 배불리 먹고 안전한 데다가 쉽잖아."

"아서라, 아서. 좋은 자리는 잘나고 작위 있는 녀석들이 몽땅 자치할걸? 갖고 있더라도 뭔 수를 써서도 뺏으려 들 거다. 고로, 안전하게 귀향하려면 우리도 작위 하나쯤은 있어야 해."

"대장님이 나중에 하나쯤 던져 주시겠죠. 그러려면 열심히 싸워야겠고요."

배를 쓰다듬는 그를 보며 로이와 위젝이 고개를 휘휘 저었다. 그때, 낮은 호루라기 소리가 들렸다. 로이가 손가락 휘파람을 불어 답하자 언덕 아래로부터 다섯의 용병이 모습을 드러냈다.

저마다 긴장 속에서 여유를 잃지 않는 숙련된 용병들이었다. 그들이 어깨에 걸친 긴 창에는 사냥한 자이언트 몰이 꿰여 있었다.

"그쪽은 어떻소? 뒤편을 봐도 저들끼리 뜯고 먹고 아주 난리던데."

"여기도 마찬가지요. 계속 반복이외다."

"거참. 점령한 뒤에는 아예 몬스터들 생태계를 만드는 건가? 그래도 그렇지, 여행자들에게나 부려 먹을 만한 너절한 것들로만 채우다니. 알 수가 없는 노릇이군."

혀를 빼물고 죽은 그것을 휙 던진 그들이 말에 올랐다.

"저런 것들로 비바이넨이 점령당할 리는 없으니 분명 에일락이 주력을 부쉈을 테지요."

"하긴, 막심도 그놈이 죽였다면서?"

"덕분에 편해지기는 했지만 말이야. 근데 저 성문이 참 걸리는데."

아득하게 멀리 있는 성문은 철갑을 두른 듯 두꺼운

뼈로 싸여 있었다.

"흑마법인 뼈의 갑옷이 맞긴 한데, 자랑스러운 그란시아의 수호기사가 저런 걸 소환할 리는 없고. 설마, 배후의 흑마법사까지 같이 있는 거 아니야?"

"모르지요. 확실한 것은 저게 가능할 정도의 마력이면, 결코 낮은 수준의 흑마법사는 아니라는 겁니다."

무거운 기색으로 그들이 떠나갔다.

본대로 합류하는 뒷모습을 에일락 반테스는 석상처럼 서서 보았다. 이윽고 아주 멀어지자 그가 고개를 손을 들었다가 내렸다.

요새 밖에 박혀 있던 증식의 마석들이 거대한 자석에 달라붙는 쇳가루처럼 회수되었다.

[시작하라.]

지시하자 귀화를 번뜩이며 쿤타가 뛰어내렸다. 칙칙한 후드 망토를 휘날리며 성문 앞에 착지한 그의 옆으로 분열하기라도 한 듯 똑같은 모습의 리치가 자리했다. 그 앞의 피의 늪에서 철철 흐르는 피와 함께 다른 쿤타가 모습을 드러냈다.

성문이 커튼처럼 펄럭이며 모습을 드러내는 그까지 총 넷. 증식의 마석을 통해 보스 몬스터인 쿤타의 수를 에일락 반테스가 늘렸기 때문이었다. 그들 각자는 단박에라도 없앨 듯이 서로 노려보았다.

―흐흐. 동족 혐오인가? 자기 살인? 웃기는 일이군.

―기이한 일이야. 분명 나인데 볼수록 증오가 치솟는다. 인간에 대한 적개심보다 더욱!

―주인만 아니었어도 분해해 버렸을 텐데.

―그만. 주인께서 명하셨다.

당장에라도 죽일 듯 견제하던 그들이 일시에 지팡이를 찧었다. 검푸른 마력이 넘실거리며 오가더니 증폭했다. 동일 속성의 마법과 마력이 한 치의 오차도 없이 사용된 탓이다.

곧 성문을 둘러싼 뼈들이 맞물린 입을 열었다. 우그러지고 피 칠갑을 한 성문으로부터 비바이넨의 병사였을 1천여 백골 기병이 창칼을 번뜩였다. 출격하는 이들의 창이 향하는 곳은 저편의 병사들도 아닌 성 주위의 몬스터들이었다.

비명이 울렸다. 저마다 흉성을 토해내던 몬스터들이 말발굽에 짓밟혔다. 꼬치처럼 창에 꿰이고 이 빠진 검에 잘려 죽어나갔다.

저들끼리 다투던 몬스터들이 이빨을 드러내며 달려들

었지만, 성문의 병력은 끝이 없었다.

해골 병사들 뒤로 몬스터들의 희멀건 뼈로 이루어진 2파, 3파의 언데드 부대가 물밀 듯이 넘실거린 탓이다. 이를 본 하피들이 날카롭게 울며 하늘을 날았다.

-도망가면 안 되지.

쿤타들이 위를 보았다. 서로의 마력이 호응하며 그들의 영창이 동시에 마력을 진동시킨다.

-흩어진 [망혼의 비명]이여, 비탄에 신음하는 그대여.

-어둠의 사역하는 내가 부르노니 답하여 [탐하고 절규]하라.

-[타락자의 욕망]이 산 자의 몸에 깃들지라.

3중 영창의 마력을 모아 수인을 맺고 들어 올렸다. 질척한 것을 넘어 늪처럼 고여 있던 피가 소용돌이치며 솟구쳤다. 거대한 입이 되고 손이 된 그것들은 자체로 살아 움직이며 하피들을 집어삼켰다.

이후 뱉어내자 살이 녹고 지독한 냄새를 풍기며 소화되지 못한 뼈만 남았다. 그렇게 몬스터 생태계가 깔끔히 정리되었다.

뼈와 시체만 남은 그것들 위로 쿤타들이 다시금 시체

부활과 언데드 소환술을 사용했다. 곧 살과 피가 스며들어 핏빛 구슬에 응축되었고, 허연 뼈마디 위로 망령이 어려 몸을 일으켰다. 순식간에 1만의 해골 병사가 만들어진 것이다.

[회군하라.]

에일락 반테스가 손을 튕기자 소환한 쿤타들이 지팡이를 찧었다. 텅 빈 눈으로 탑을 보던 병사들이 질서정연하게 성 내부로 들어갔다.

이후 잠잠해진 성의 벽으로 하나둘씩 생성된 몬스터들이 돌아다니다 서로 발견하고 싸우는 이전의 풍경이 다시금 시간을 두고 반복됐다.

이 작업이 지금까지 무려 여섯 번째다. 그 덕분에 비바이넨에는 6만 이상의 언데드가 버글버글했다. 참으로 흑마법과 융켈의 힘은 합이 잘 맞았다.

병력의 충원이 쉬운 것은 물론, 소환형이나 군집형 몬스터만 지배해도 그 세는 무시무시하리만큼 불어나는 까닭이다.

정도 이상의 숫자는 그 자체로 무지막지한 폭력이다. 물론 대성자의 빛 하나만 등장해도 깔끔하게 녹아버릴만큼 최악의 상성과 종잇장 같은 내구도를 자랑하지만,

어차피 이들은 주력이 아니니 상관없었다.

[이쯤 되면 운명이란 말을 믿게 되는군.]

흥미로운 것은 증식의 마석으로 생성되는 수준 이상의 몬스터. 이른바 보스 급이라 불리는 것들은 서로 다른 자신들을 용납지 않았다. 자아가 강하고 품은 힘이 막강할수록 증오심이 커진 것이다.

이는 세력의 한계를 의미했다. 실제로 쿤타를 복속시키는 과정에서도 먼저 생성된 녀석이 나중에 증식되는 자신을 사냥하고 있었다. 그러며 조금씩 성장하기는 했지만, 이는 경험이 더해졌을 뿐 경지가 오른다거나 하는 수준이 아니었다.

외부로 나갈 욕심보다 새로이 나타날 자신을 더욱 증오하기에 그놈만 본능적으로 처단한다. 즉, 보스 급 몬스터는 잡다한 몬스터들과는 다른 의미로 영역을 벗어나지 않고 적당히 강한 채로 정복당하기만을 기다리게 되는 셈이었다.

이는 에일락 반테스에게 딱 이용해 먹기 좋은 상태였다.

'행운의 신 융켈이라더니.'

곤바로스와 융켈의 힘을 모두 가졌음이니 지혜와 행

운의 신이 곧 이상현이라 해도 틀린 표현은 아니리라.
에일락 반테스는 이상현을 떠올리며 허허롭게 웃었다.

그날 저녁, 증식의 마석으로 하나 더 불러낸 쿤타를
복종시킨 그는 총 다섯의 리치와 6만 6천의 언데드 군
단을 이끌고 각각의 부대를 전진 배치했다.

1만은 땅속에 묻었다.

1만은 요새의 좌편에 매복시켰고 5천은 핏물로 넘실
거리는 해자에 담아두었다. 2만은 석재를 비롯한 자재
들을 안은 채 무너진 성벽을 보수한 것인 양, 쌓아 올
렸다.

을씨년스럽게 보이는 성벽 그 자체가 잠든 언데드 병
사들인 셈이다.

여기에 뼈 날개로 저공비행만 가능한 하피들을 성벽
위에 배치했고, 그 사이사이로 해골 궁수와 오거 병사
를 두었다. 여기에 각 성문으로는 트롤을 비롯한 전위
부대를 두고 각 무리의 중심에 쿤타를 세웠다.

'기다릴수록 이쪽의 세만 불리는 것을 지금쯤은 알았
을 터.'

이상의 배치를 마친 그가 경계 탑의 위에서 저들을
보았다. 곧 적들이 공격해 올 것이다.

공성 병기를 대동한 4천의 병력. 몰아치듯 달려온 병사들 사이에서 메그론이 손을 치켜들었다. 곧 달리던 기세가 무색하게 일제히 속도를 줄이며 멈추어 섰다.

"이거야 원. 시체로 도배했구먼."

메그론은 비바이넨 일대를 보고는 웃었다.

"성수를 투척해 보게."

그의 눈짓에 한 용병이 수중의 병을 던졌다. 휙 날아가 쨍하니 터진 병에서 맑은 물방울들이 튀었다. 피로 물든 검붉은 땅거죽이 매캐한 연기와 함께 서서히 녹아내렸다. 흑마력으로 오염된 탓이다.

"섣불리 머리를 치려다간 통째로 삼켜질 터. 무턱대고 들어갈 이유가 없지."

가고일이라든지 시체 사이에 숨은 언데드들은 성수와 접촉하면 발광을 하고 날뛰게 마련이다. 그 탓에 성수를 뿌리는 건 던전 탐사에서도 흔히 사용하는 방법이었다.

문제는 물자의 소비가 만만찮다는 거였지만, 국가 단위의 전쟁 규모쯤 되면 물자 소비쯤은 당연시 여기게 된다.

"직접 정화해 주시겠소?"

부대를 뒤로 물리며 하는 말에 한 사제가 나섰다. 이동 감옥에 갇힌 밧줄에 묶인 70명. 그중 한 사제가 나서며 성호를 그었다.

미약한 성수를 넘어선 농도 짙은 신성력이 땅을 적심과 동시에 좌우의 땅거죽이 들리며 해골 병사들이 와락 달려들었다. 순간, 흐뭇한 메그론의 시선에 공간이 절단되듯 수십의 언데드들이 썩둑썩둑 잘려 널브러졌다.

손가락과 두개골이 바닥을 기어오지만, 용병들이 발로 짓밟아 사뿐하게 해결했다. 그즈음 메그론은 요새의 탑을 보고 있었다.

"토이야, 사제님들 한 분당 300걸음으로 볼 때 요새의 탑까지는 몇 분이 희생해 주시면 되리라 보느냐."

"안전을 고려하면 62명이시면 될 듯합니다. 하지만 오염된 마력의 경계로 보건대 최하 6케라 급의 리치가 셋. 7케라 급이 하나일 듯하니 70명 모두께서 희생하셔도 불가능하리라 봅니다."

호리호리한 주근깨 사내의 말에 짧은 머리칼에 큰 활을 멘 여성이 말에서 내렸다.

"제 생각은 달라요, 아빠. 사제님들의 믿음은 아주

깊으셔서 여러 명이 함께하면 더욱 큰 믿음이 되곤 한
대요. 그거면 충분할 거 같은데요?"

그녀는 메그론의 지시가 있기도 전에 연이어 성수를
뿌리고는 일대의 언데드들을 도발했다. 땅에서 불쑥불
쑥 튀어나오는 해골 병사들을 용병들이 망치로 내려치
며 칼질했다.

"여러분께서 영광스럽게 순교하면 너끈히 돌파할 수
있다고 봐요."

하얀 치아를 보이며 싱긋 웃은 그녀가 묶인 사제들을
보았다. 그 시선에 저들이 주먹을 쥐고 부르르 떨었다.

이를 본 토이가 인상을 찌푸렸다.

"디엔나, 우리가 새로운 모습으로 벌이는 첫 전쟁이
나 마찬가지야. 자칫 아버지가 난항이라도 겪으면 명성
에 누가 된다고. 확실하고 천천히 조이는 편이 옳아."

"에이~ 토이. 넌 너무 유약하다니까? 여기서 필요한
건 속도전이야. 단박에 치고 들어가서 목을 뎅겅 자르
면 바로 해결이라고. 해골쯤이야 아빠가 힘을 쓰면 간
단히 끝낼 수 있잖아. 축이 무너지면 와르르 쓰러지는
게 언데드란 거 몰라?"

메그론의 두 손이랄 수 있는 젊은 그들은 과격한 디

엔나, 치밀한 토이라는 칭호로 불릴 만큼 성향이 달랐다. 그리고 이들의 엇갈리는 의견에 언제나 현명한 판단을 내려주는 이가 메그론이었다.

"전쟁에 희생은 당연히 일어나는 법이지. 그렇지 않느냐, 디엔나?"

"맞아요, 아빠. 그럼 오늘은 제가 해볼게요."

기쁘게 나선 그녀가 사제들 앞에 가서는 밝게 웃었다. 묶인 그들의 손이 미치지 않는 딱 그 거리에서 눈을 찡긋하기까지 했다.

"신실하신 분들이니까 악을 처단하는 데 망설이지는 않으시겠죠? 순교하면 천국 간다면서요. 불의 신 니아스박님이 계신 곳이니 얼마나 기쁠까? 아이, 좋아~. 모진 세상 등지고 얼른 좋은 곳 가시겠네요."

대놓고 죽으라 종용하는 그녀를 보며 사제들이 입술을 바르르 떨었다.

"교활한 년!"

"에이, 신을 위해 순교하지 않으실 생각인가요? 타락한 어둠을 외면하실 참? 이래서 빛의 뮤테르, 뮤테르 하는 건가? 불의를 보면 잘 참아서 말이에요."

말끝을 올리며 입을 가리는 디엔나의 모습에 중년의

사제가 으르렁거리듯 한껏 낮춘 목소리로 말했다.

"오냐, 이 악랄한 년아. 대신 신전 봉쇄를 풀고 신도들을 더는 해하지 않겠노라고 맹세해야 한다."

"그게 뭐 어렵다고. 얼마든지요. 제가 아빠 말 잘 듣는 착한 딸이거든요."

뒤이어 어깨를 으쓱였다.

"참 이상도 하지. 바라는 신님 곁에 냉큼 보내주겠다는 데다가 경전에 쓰인 나쁜 악을 멸하는 건데 왜 그렇게 망설이는지 모르겠네요. 우리한테 오히려 고마워해야 하는 거 아닌가?"

"요망한 년!"

이들의 대화를 들으며 용병들이 쿡쿡 웃었고, 사제들은 침이 튀도록 분기탱천하였다. 하지만 결박당한 상태로 그들이 할 수 있는 것이라곤 오직 입으로 내리는 저주뿐이었다. 이를 보던 메그론이 나서며 나직이 약속했다.

"그대들도 알지 않는가, 제국에서 교세 확장을 하려면 누군가는 거룩한 죽음을 맞이해야 한다는 것을."

"당신이 어찌 그럴 수 있소, 보누스. 메그론이던 그 과거에 대해 속죄하였음을 내가 보증하고 믿어왔거늘,

어찌 이리 행동한단 말이오."

"멜도란의 유일종교이자 특혜를 줄 것을 약조함세. 하나의 불꽃이 일천을 보듬는 기적이 되는 것이 그대들 교리 아니던가. 순후한 나의 벗, 카탈로여. 그대의 신앙을 보여주게나. 그대들 이후 니아스박의 종들에게 어떤 박해도 없을 것임을 내 이름을 걸고 약속함세."

다소 지나치다 싶은 이들의 행위는 디엔나가 어르고 메그론이 달래는 협상 방식이기도 했다.

이들의 모습을 에일락 반테스는 안력을 집중하여 지켜보았다. 신의 이름으로 약조하고 맹세하며 기도의 시간을 갖는 것을 곁에서 보듯이 뚜렷하게 눈에 담았다.

안력이 뛰어나기도 했거니와 이상현이 극의를 본 도둑의 시야가 그의 눈을 밝힌 덕분이었다. 이를 느낀 메그론이 사제들의 최후 걸음과 비바이넨 요새의 첨탑을 보았다.

"이만한 거리에서 이 정도의 시선이라. 나도 죽으면 언데드나 될까 싶어지는군."

"설마, 그가 보고 있는 건가요?"

두리번거리던 디엔나가 손 그늘을 만들어 저편에 시선을 두었다. 토이는 큼직한 사파이어가 박힌 작은 지팡이를 꺼내 허공에 원을 그렸다. 마력 작용에 간섭하는 방어술이었다.

"마법은 아닙니다, 아버지."

"그럴밖에. 두 눈으로 보는 거거든. 아무런 능력도 쓰지 않은 채 오직 두 눈으로 말이야."

"자기 것 빼고 독수리의 것으로 바꿔 낀 걸까요?"

"재미난 발상이구나. 그럴 수도 있겠지."

너털웃음을 지은 메그론은 기특하다는 듯 디엔나에게 손을 내밀었다. 그녀의 머리를 어루만질 듯 손을 가져간 그가 슬쩍 요새를 향해 손날을 세웠다.

순간, 에일락 반테스가 고개를 틀었다.

뒤편에 대기 중이던 백골 기사의 머리가 잘려 떨어졌다. 기사가 데구루루 구르는 자신의 머리를 붙들어 끼우는 사이, 메그론과 에일락 반테스가 같은 표정을 지었다.

만만찮은 적수를 보았을 때의 감정으로 호승심과 더불어 싸우고자 하는 투지가 피어올랐다.

[쿤타, 저들이 성문을 통과하면 내게 인도하도록 해라.]

-일부러 길을 내주라는 말이시온지?

[가능하다면 막아봐라.]

말에 담긴 속뜻이 '너로선 역부족이다.' 라는 말임을 쿤타가 못 알아들을 리 없었다. 면전에서 무시당한 그들의 분노가 곧 메그론을 향하는 사이, 에일락 반테스는 성주실에 들어섰다.

한때 고풍스러웠을 것이나, 지금은 조각난 유리창에 찢어진 기만 나부끼는 성주실 의자에 앉아 검을 뽑았다.

순백의 검신 위로 환혼력의 푸른 기류가 넘실거렸다. 기분이 좋은 듯 울어대는 그란디움 발베란을 다독이며 그는 투지를 단단하고 예리하게 정련했다.

'이상현이 당한 만큼 돌려주지.'

전쟁은 어차피 시선 끌기가 목적이었다. 제대로 된 흑마법으로 부활시킨 시체라 해도 승산이 낮은데 지금 있는 병력은 증식하는 몬스터로 대거 일으킨 쭉정이에 불과했다.

재료 자체의 부실함에다 상극의 신성력으로 무장한 적들. 여기에 메그론이라는 걸출하고 확실한 지휘관까지 있었다. 패배는 불을 보듯이 뻔했다.

적당히 타격만 입혀주고 본체인 이상현이 멜도란에서 겪은 일에 대해 작은 답례를 해준 뒤 빠지라고 했다.

의식을 집중하자 두 개의 상(狀)이 떠올랐다. 늙은 보누스의 몸을 한 메그론이 아닌, 이상현이 마주한 적 있던 강력한 존재를 상대하는 이는 에일락 반테스, 본인이었다.

'기회는 역시 한 번이군.'

심상 세계에서 둘이 격돌했다. 그러자 고요하게 눈을 감고 있는 에일락 반테스와 달리, 그가 꺼내어 고양이를 쓰다듬듯 어루만지고 있던 그란디움 발베란이 시리도록 창창한 환혼력의 검강을 일으켰다.

생명을 부여받아 펄떡거리고 뛰는 듯했다. 검강이 번쩍이자 청광이 성주실의 벽을 관통하며 와르르 무너뜨렸다. 허물어지는 그 모습 그 자체로 꽝꽝 얼어버리니 순식간에 얼음의 궁이 되었다.

[만만찮군.]

다시 눈을 감았다. 예의 검강이 어른거리더니 그의 몸으로부터 증폭된 눈폭풍이 일대를 강타했다. 와르르 무너지는 포말 속에서 그가 미간을 일그러뜨렸다.

몰아치던 검이 100번 검을 주고받은 뒤에야 메그론

을 베어낼 수 있었다. 필승은 이미 자신했다. 그러나 단둘의 대결이 아니니만큼 변수는 얼마든지 발생할 것이고, 수적 열세 속에서 정정당당한 대결이 이뤄질 리가 없었다.

메그론의 부하들이 간섭하기 전에, 그를 단번에 끝내야 했다. 그러자면 이 정도론 부족하다.

'새로운 극의가 필요하군.'

다시 심상 대련을 이으며 기존에 없던 파생 기술을 새롭게 창안하였다. 이상현이 초창기 요긴하게 썼지만, 부족한 파괴력 탓에 외면하였던 스킬. 본체에게 선물하고자 스스로 여러 날 궁리해 온 쇼크웨이브의 변용이었다.

에일락 반테스를 칭할 때 불패의 장군이라는 표현만큼이나 따라붙는 것이 바로 소드 마스터였다. 그란시아 왕국 검술을 완성해 내며 새로운 경지를 밟은 그의 독창적 극의가 바로 발테리아스다.

그러나 발테리아스의 뚜렷한 단점은 전장을 뒤흔들지언정 대인 살상기로는 부족하다는 것. 시전 동작부터 힘의 집중까지 미흡한 부분이 있었다.

사실 미흡하다기보다는 용도 자체가 다르다는 표현이

옳았다.

'쇼크웨이브에 이를 섞으면…….'

잠들어 있다가 물 위로 부상하여 자맥질하는 단상을 단박에 움켜쥐었다. 이로부터 충격파와 밀쳐 내는 원리에 무거움을 더하자, 중력과 인력이라는 형태가 뚜렷하게 구체화하였다.

전방위로 적을 구속하면서 파괴하는 기술로 이보다 적합한 것이 어디 있나 싶을 정도다.

쇼크웨이브의 자체 극의는 아니지만, 만만찮은 기술을 터득하는 순간이었다.

그즈음, 깊은 몰입을 누군가 방해했다.

외부로부터 활활 타오르는 불길과 세찬 진동이 이는 것이 느껴졌다. 배치한 병사들이 무력화되더니만 점차 메그론의 군대가 다가왔다.

육안으론 보이지 않는 벽 너머로 생명력과 마력을 발산하는 인간들이 뚜렷하게 느껴졌다.

성주실의 문 앞에서 저들이 멈추었다. 두 명이 멈추더니만 작게 문을 열고는 그 틈바구니로 둥근 물체를 투척했다.

날아든 크리스털 병은 깨지며 밝은 빛과 따뜻하게 데

우는 온화한 불을 퍼트렸다. 신성한 힘이었다.

옆에 둔 백골마가 녹아내렸다. 에일락 반테스 역시 침입해 오는 신성력을 막으려 들었다. 그때 손등이 반응했다. 이상현의 것에 비하면 있는가 싶을 만큼 흔적만 보이는 일그러진 륜이 적의 신성력을 흡수한 것.

긍정적인 변화가 바로 이어졌다. 뛰지 않는 심장이건만 갑작스레 고양감이 들며 몸이 한층 가볍고 마력 운용이 더욱 가속했다.

'뮤테르뿐이 아닌 니아스박의 신성력도 해를 끼치지 못하다니, 이만하면 신살자의 위업을 쌓기에 더할 나위 없이 좋은 상황이로군.'

이는 일그러진 륜의 효용이 개체가 아닌 속성에 있다는 뜻이다. 에일락 반테스는 이 정보를 이상현에게 알리며 일어났다.

천공수와 저편의 현실에 치중하고 있는 본체가 관심을 두지 않으리라는 것은 잘 알지만, 언제고 돌아볼 때 큰 도움이 될 것이다.

[도둑 같은 놈들이로다. 숨어 있지 말고 들어오너라.]

검으로 공기를 베자 예기가 점차 확장되며 전면을 가

로로 두 쪽 냈다. 이를 문 너머에서 튕겨내자 마주친 충격파에 비바이넨 성주실이 그대로 폭삭 무너졌다.

드러난 하늘에서는 정오의 태양이 작열했다. 흑마법으로 층층이 가렸던 구름이 걷혔고 땅 역시 정화된 상태였다. 너머로 태양만큼 활활 타오르는 사람들이 있었다. 자기희생 주문을 쓴 70명의 사제였다.

"이제 나오셨소?"

말꼬리에 쿤타의 머리들을 대롱대롱 매단 채 메그론이 말했다.

"요새를 공략하는 데 공성 병기가 무의미할 줄 생각도 못 했소. 과연 언데드는 신성력에 녹아내리는구려."

[가짜들이니까.]

"맞소. 이쪽의 준비가 허탈하리만큼 가짜들이었지. 그래도 하나는 진짜이니 천만다행한 일이오."

메그론의 살검이 공기를 갈랐다. 에일락 반테스는 신성한 불꽃에 노출되어 짐짓 힘이 빠진 양, 직접 칼을 들어 이를 쳐냈다.

"가능하면 손을 나누고 싶었소만 어찌하겠소. 전쟁이 이러한 것을. 그 지경에서 잘도 막았음에 박수를 보내리다."

[그대는 누구지?]

"란티놀 제국 소속의 장수로 메그론이라 한다오. 당신만은 못하지만, 예전에는 나름 이름을 좀 날렸었지."

그가 너털웃음을 흘리곤 혀를 끌끌 찼다.

"그러게 죽어 무슨 복을 누리겠다고 꾸역꾸역 살아나신 게요. 언데드만 아니었다면 제법 맞수가 됐을 텐데, 지금으로선 영 상태가 시원찮군."

타고 온 말에서 내린 그가 대동한 병력을 에일락 반테스에게 보냈다. 자신이 상대할 가치가 없다는 듯 몸을 돌리자, 배불뚝이 용병들이 척척하리만큼 성수로 흠뻑 적신 무기를 겨누었다. 에일락 반테스는 눈이 부시다는 듯 가늘게 뜨며 다시금 몸을 휘청였다.

"흑마법사들이 괜히 숨어드는 게 아니라니까."

"쯧. 머리도 굳은 게지. 사방이 훤히 뚫린 요새에서 언데드들을 모아봐야 뭐해?"

"그냥 녹아내리는 거지."

이죽거리며 용병들이 다가오더니만, 이내 걸음을 멈추고 수다만 떨었다. 약한 모습을 충분히 보였는데 공격할 기미는 전혀 없이 이리저리 불을 비추며 에일락 반테스의 변화와 추이만 지켜보는 모습이었다.

그 모습에 돌연 에일락 반테스가 허리를 쭉 펴고 바로 섰다.

[어떻게 알았지?]

"신성력에 그 정도로까지 약했으면 막심이 당했을 리가 없으니까. 융통성 없긴 해도 막심은 약한 놈이 아니었다오."

"짐작은 했었지만 역시, 신성력이 통하지 않는 언데드군요."

"저런 걸 풀라가 어떻게 만들었고 정작 그는 왜 죽었는지 모르겠어요. 아빠, 저거 어떻게 할까요?"

토이와 디엔나의 말에 메그론이 답했다.

"계산 안에 있는 일이다."

다시금 손가락을 튕기려는 그에게 에일락 반테스가 말했다.

[이것은 어떤가?]

수중의 검으로 바닥을 긋자, 삽시간에 그의 검계가 동심원을 그리며 확장했다. 퍼져 나가는 환혼력을 보고 메그론이 손을 펼쳤다.

"장난하오?"

확연하게 구분된 마력의 막이 환혼력을 막았다. 검

계, 경계, 마력장이라 불리는 초인들의 영역은 그 자체로 상대를 구속하고 일거수일투족을 제약하는 효과가 있었다. 이 마력 운용에 제대로 대응하지 못하면 그 자체로 매 순간 손해를 보게 된다.

[제법이군.]

그즈음, 검을 뻗은 에일락 반테스와 손을 마주 펼친 메그론의 사이에서 돌연 에일락 반테스가 왼손을 말아 쥐었다. 겨누고 있던 검을 회수하는 동작과 일점집중의 권을 후려치는 동작이 단번에 이루어졌다.

"격투술에도 조예가 있었소?"

픽 웃은 메그론이 묵직한 권격에 손을 댔다. 표정에서부터 보이는 자신감만큼 권격을 효과적으로 방어했다. 야생마를 다루는 조련사처럼 그의 경계가 천처럼 겹겹이 일점집중의 권을 감싼 것이다.

직선이되 점과 점을 관통하는 무공이건만, 그는 물러서는 보법에 힘을 흘리는 유연한 동작으로 권격을 비스듬히 빗겨 보냈다. 치솟은 권이 엄한 허공으로 날아가고 메그론의 반격이 시작될 즈음이었다.

"물러나라!"

에일락 반테스를 향해 손을 쓰려던 그가 눈을 부릅뜨

고는 황급히 양손을 휘저었다. 우산처럼 마력을 펼치고 메그론이 아무것도 없는 허공을 떠받쳤다.

찰나간, 튕겨 나간 권격이 거대한 손의 형태로 바뀌더니 삽시간에 메그론 일행을 꽉 찍어 눌렀다. 저편에서 왼손을 천천히 내리누르는 에일락 반테스가 보였다. 그는 오른손의 검을 내리더니 넓은 면으로 허공을 올려쳤다.

돌연 땅거죽이 불쑥 치솟았다. 넓은 검면의 형태로 융기하니, 저들이 펄쩍 뛰었다. 이윽고 보이지 않는 천장에 부딪힌 듯 머리를 찧고 다시금 내려앉았다. 마치 땅과 하늘이 점점 줄어드는 듯한 모습이었다.

위와 아래로 손을 뻗은 메그론 덕분에 줄어들던 간격이 멈추었다.

"이런 식으로 퍼붓다간 오래 버티지 못할 텐데? 지금 공멸하자는 거냐? 네 주인이 자폭이라도 하라던가?"

상황이 급해져서일까, 안색을 싹 바꾼 메그론의 불퉁한 언사였다. 에일락 반테스가 이해한다며 고개를 끄덕였다.

[죽음으로부터 돌아온 이후 내게 일어난 변화 중 하

나가 있다네. 그건 마력을 제아무리 써도 줄지가 않는다는 사실이었지. 그대들은 신성력에서도 자유롭고 마력이 무한인 언데드를 상대하는 걸세.]

"터무니없는 소리!"

[진실은 몸으로 느껴보게나.]

에일락 반테스는 보란 듯이 더 한껏 마력을 사용했다. 일그러진 륜이라는 통로를 통해 다른 세상의 마력을 끌어다 쓰는 덕분에 가능한 사태였다.

그러나 메그론이 이를 믿을 리 만무했다. 정말 무한정 마력을 쓰고 기술을 쓸 수 있었다면, 6만 병력을 그대로 소진했을 이유가 없었다.

"뭣 하는 거냐. 수적 우세를 그대로 날릴 셈이냐?"

부하들을 다그치자 어떻게든 힘을 쓰려던 저들이 픽픽 쓰러지며 외려 토악질을 했다.

"무기력해요. 움직이기엔 너무 무겁습니다."

"우욱. 아침에 먹은 게 다 올라와요!"

"한심한 것들 같으니."

외부는 물론 체내 장기까지 위아래로 뒤흔들리는 통에 균형 감각은 무너진 지 오래였다. 메그론은 크게 소리치며 단번에 위아래로 뻗었던 손을 가슴 앞에서 교차시켰다.

마주친 손에서 각기 다른 두 속성의 마력이 충돌하더니만, 융합하며 핏빛의 원형 방패가 나타났다. 위로 사각, 오각형의 각기 다른 선이 겹겹이 엉키더니 떡하니 거대한 성문처럼 육중한 방패로 확장됐다.

깊은 땅 밑 지옥문을 봉인하던 것이 소환된 듯, 악귀가 새겨진 거대 방패가 위와 아래에서 거친 파열음을 냈다. 쾅쾅 소리와 함께 에일락 반테스의 올려치던 검이 훅 아래로 떨어졌고, 지그시 누르던 왼손 역시 활짝 위로 튕겼다.

메그론의 펠마돈이었다. 양으로 밀어붙이던 중력의 힘이 질적인 강함에 밀려 버렸다. 철벽의 학살자, 메그론의 위명다운 무너뜨릴 수 없는 가공할 수호 장벽이다.

그러나 펠마돈의 각성은 이른바 필살기에 가깝다. 라탄트라처럼 제작에 관련된 것이면 모르되 공격형 기술은 생전 에일락 반테스가 발테리아스를 남용하지 못했던 것처럼, 육체에 막대한 과부하를 일으키게 마련이다.

'안으로 거두면 각성 형태고, 뻗으면 전천후 방어 기

술인 셈이군.'

에일락 반테스는 메그론이 이상현에게 보였던 핏빛 육체가 어떻게 구성되는지 단번에 이해했다. 그즈음 중력의 작용에서 벗어난 메그론의 용병들이 저마다 문신술을 활성화했다.

"으! 이제 살 것 같네. 이 노땅 언데드 같으니. 본때를 보여주마."

짐승의 환영을 입고 근육을 팽팽하게 일으킨 그들에게 토이가 가속 마법을 써서 오른쪽으로 달려나갔다. 누가 시키지도 않았건만 알아서들 산개했다.

중력을 쓰는 기술이 범위가 한정적이었으니 최대한 넓혀서 마력 소모와 더불어 위력의 약화를 유도한 거였다.

"신성력이 효과 없음을 확인했으니 3안으로 갑니다."

"걱정하지 말라고. 아낌없이 다 던질 테니까."

토이는 사파이어 지팡이를 움직여 냉기 저항 마법을 걸어준 뒤, 붉은 루비가 박힌 지팡이를 새로이 꺼내 에일락 반테스에게 겨누었다. 불붙은 멧돼지처럼 오른편으로 내달린 용병들이 천에 흠뻑 성수를 적시더니 입을 막았고 작은 주머니를 꺼내 투척했다.

"[바람의 춤], [미약한 불씨]!"

강력한 마법이 아니었다. 한줄기 미풍이 날아오던 주머니에 실렸다. 뒤이어 반딧불이처럼 작은 불씨가 나타나더니, 주머니의 입구 위에서 돌연 매서운 폭발을 일으켰다. 황과 석탄을 비롯한 가루였다.

갑작스러운 사건이었지만 번거로운 손놀림도 필요 없었다. 언데드의 강화된 육신과 피부 바깥의 환혼력으로 능히 이겨낸 그의 검기가 채찍처럼 휘어지며 후려쳐 왔다.

"내가 막겠어!"

육중한 중장 갑옷을 입은 용병인 위렉이 곰의 환영과 함께 방패를 내밀었다. 메그론에게 한 수 배운 듯 옅은 방패를 투영하며 체중을 증대시켜 묵직하게 막아선 그는, 방패가 날아가고 팔이 꺾이며 바닥에 처박혔다.

함몰된 머리가 즉사했음을 증명했다.

"동시에 치라고!"

펄쩍 뛰는 철퇴를 든 용병보다 더 높이에서 단창을 겨눈 아켄의 투로가 에일락 반테스의 후미를 노렸다. 전면에서는 금발의 검사 로이가 차지 스킬로 파고들며 번뜩이는 발도술로 베어왔다.

우측에서 디엔나의 화살과 투창이 연거푸 날아들었다. 파상공세에 에일락 반테스의 발이 땅을 찍었다.

동심원을 그리며 퍼져 나간 환혼력의 막에 투사체가 막히고, 위로 뻗은 손에 아켄을 비롯한 상부의 용병들이 잠시간 덜컥 멈췄다.

손을 가로로 젓자 대수인이 나타나 빗자루로 쓸어버리듯 위를 깡그리 훑어냈다.

"우릴 얕보지 마라."

아켄의 투로가 이를 피하며 미꾸라지처럼 파고들었다. 파고든 로이의 발도술도 번뜩이며 쾌속하게 쇄도했다.

이들의 공격에 에일락 반테스가 대응했다. 그의 몸이 급가속하더니 삽시간에 세 개의 환영이 나타났다. 검이 그물과도 같은 시린 검기를 뻗으며 엄중하게 팔방을 베는 환영. 발도술에 대응하여 번쩍이는 검광으로 베어내는 환영. 광검을 뿜어내며 검을 훌훌 터는 환영이었다.

로이의 검이 토막 나며 몸에 사선으로 실금이 그어졌다. 아켄의 창이 세로로 쭉 쪼개지더니 심장부에서 동그란 구멍이 뻥 뚫렸다. 찰나간 다른 시간을 향유하는 검의 경지에 열 명의 용병이 시체로 굴러다녔다. 절로 위축되리만큼 무결점의 완벽한 대응이었다.

"망할 할아범!"

디엔나가 허리의 화살 통에서 나뭇가지 하나를 꺼냈다. 확 당겨서 쏘아 보내자 그녀의 화살은 돌연 공중에서 껍질이 쭉쭉 갈라지더니 뿌리와 줄기를 뻗는 몬스터가 됐다.

오염된 정령목이라는 별명의 식인식물 마트츄였다. 인간을 증오하는 이 괴수로 화살을 쏜다는 건, 그녀가 정상적인 인간이 아니라는 뜻이었다.

[반요정이었던가?]

"알아서 뭐하게?"

[그래, 요정족도 있었지.]

집어삼킬 듯이 다발의 뿌리를 뻗어오는 식인식물은 블레이드 토네이도를 응용한 회전 검막에 그대로 잘게 토막이 났다. 여분의 검기가 적들에게 쭉 나아갔지만, 이내 핏빛 기류에 마모되어 스러졌다. 메그론의 철벽이 일으키는 광역 방어 효과였다.

"잠깐 사이에 제대로 난동을 피웠군. 이 빚은 톡톡히 갚아주겠다."

[내가 보기엔 내버려 둔 듯하던데.]

"어설픈 이간질에 넘어갈 우리가 아니다."

힘을 한층 끌어올린 메그론의 방패가 용병들 하나하나의 몸 앞에 어렸다. 짧게 돌아보자, 용병들은 메뚜기처럼 튀어서 원형으로 에일락 반테스를 포위한 채 투척 무기를 쓰고 각자의 기술로 원거리 공격을 가해왔다.

정면은 메그론의 철벽이 떡하니 막고 땅거죽 채 밀어오며 압박해 오는 상황이다. 수시로 살의를 날려 보내니 이 역시도 꽤 귀찮았다.

심상으로 예상했던 것과는 사뭇 다르게 펼쳐진 양상이었다.

'철벽의 펠마돈은 계산 밖이었으니.'

남는 건 오직 하나였다. 힘에는 힘이다.

[꿇어라.]

횡으로 그은 검이 번쩍 치솟아서는 묵직한 발테리아스로 바뀌어 메그론의 철벽을 찍어 눌렀다. 위에서 꽝하니 내리찍었음에도 메그론의 펠마돈은 흠집조차 나지 않았다.

대신 망치가 대갈 못을 후려치듯 조금씩 박혔다. 그리고 드러난 반테스 몸으로 용병들의 공격이 연거푸 들어왔다.

"몽땅 명중인데, 효과가 없어!"

"갑옷이 엄청 딴딴하군. 게다가 회복도 빨라."

뒤떨어지는 화력이 문제였다. 제아무리 분진 폭발을 근접거리에서 때려 맞더라도 언데드의 강건한 육신을 무너뜨리기엔 역부족이었다. 그사이 철벽을 내민 메그론과 에일락 반테스의 충돌이 계속 반복됐다.

"큰 기술을 쓰려고 해도, 중력이 문제야. 체내에서 마력을 뒤집다니."

몇 차례든 각자 필살의 기술을 쓰려던 용병들이 이내 방법을 달리했다. 신경을 거슬리게 자잘하게 찌르고 빠지기를 반복하는 것이었다. 그사이 발테리아스가 메그론의 철벽과 다섯 차례로 충돌했다. 그쯤에서 메그론도 눈치챘다.

"마력의 비축분이 얼마인지는 모르지만, 꺼내 쓸 수 있는 양에는 제약이 있는 거로군."

일그러진 륜의 크기와 경로만큼이었다.

[역시 제법이다.]

돌연 에일락 반테스가 손을 들어 올렸다. 중력의 반전 효과로 손으론 누르고 검으론 올려치는 힘만 반복하여 마치 그게 제약인 듯 선보인 뒤 허(虛)를 찌른 것이다.

잠깐의 빈틈을 타, 에일락 반테스가 원거리로 광검과 극의만 운용하던 것을 거두고 몸소 풍류보를 밟았다. 땅을 찍는가 싶던 그의 몸이 흩날리는 꽃잎처럼 무수히 분열하더니 동시에 검을 내려쳤다.

용병들의 몸이 세로로 쭉 갈라졌다. 일부는 몸을 굴려서 피했고 팔과 무기가 대신 잘리는 경우도 허다했다.

"축성 무기도 안 통해, 괴물답게 신체도 수복하는 데다가 무력은 대장님과 비등하다니."

"막심이 이래서 패한 건가."

이를 본 메그론이 부하들을 물리고 직접 나섰다. 혈력의 총화랄 수 있는 핏빛 아우라가 활화산처럼 용솟음쳤다.

철벽의 펠마돈이 거둬지며 늙은 보누스의 몸 위로 새 육신이 구성되었고, 넘실거리는 거대한 혈력의 응집체가 이를 보조했다.

그때 에일락 반테스가 눈을 번뜩였다. 심상 대결을 통해 기다리던 모습이었다. 질풍으로 대번에 좁힌 그가 기사의 차지 스킬처럼 과격하게 들이받았다.

변신 중이던 메그론이 주먹을 뻗으니, 이를 잡으며 밀착하고는 지금껏 전력운용을 않던 환혼력을 끌어올려 퍼부었다.

"이게 무슨 짓이냐?"

[변이 도중이라면 붕괴도 일어나기 십상이겠지.]

뼈, 내장, 근육까지 만든 메그론이 피부와 핏빛 갑주를 형성하던 시점에서 냉각했다. 일부는 진행되고 일부는 얼어붙으며 살과 뼈가 기형적으로 맞붙었다.

"네놈이라고 무사할 리 없을 터."

[과연 그럴까?]

교류하는 힘의 크기만큼 에일락 반데스의 몸도 비대하게 부푸는 중이었다. 하지만 그 모든 변화는 흡수된 혈력이 일그러진 륜의 자리에 동화되며 잠잠해졌다. 이를 본 메그론의 낯빛이 창백해졌다.

차라리 격투술이나 검으로 겨뤘다면 다른 대안도 있었을 것이다. 하지만 변신 도중에, 그것도 내부에서부터 동화되다시피 간섭해 온 터라 저항은 오직 혈력과 철벽의 펠마돈을 쓰는 것뿐이었다.

그러나 체내 결합 도중이라는 것이 악재였다. 일부러

노리지 않은 바에야 절대로 보일 리 없는 틈에 절묘한 타이밍으로 치고 들어왔다.

이를 본 디엔나가 활을 튕기다가 바로 토이의 멱살을 쥐었다. 에일락 반테스의 검을 피하며 몸을 날렸던 토이가 기침하며 고개를 연신 저었다.

원거리 공격은 중력으로 눌러서 궤도를 틀면 되지만 위력적인 공격은 마땅한 수단도 없는 데다가 자칫 메그론에게까지 악영향을 끼칠 우려가 있었다. 묘수가 필요했다.

"토이, 어떻게 해?"

머리를 팽팽 굴리던 그가 바깥을 가리켰다.

"사제를 불러와."

물어볼 것 없이 달음박질친 디엔나가 신성한 불을 일으키는 늙은 사제를 데려왔다. 조금 전까지 중년의 나이였던 카탈로는 자기희생의 주문 탓에 폭삭 나이 든 모습이었다.

"내 수명이 다하여 남은 힘이 얼마 없소. 고작해야 유언이나마 할 정도의 기력이지."

"그거면 충분합니다. 부디 여기서 희생해 주세요."

카탈로는 에일락 반테스에게 붙들려 반쯤 얼어붙은

메그론을 보고는 씁쓸히 웃으며 성호를 그었다.

"그대들은 참으로 잔인하군."

"죽으면 꼭 지옥에 가겠습니다."

체내에서 하얀 불이 일렁이더니 그의 눈과 귀, 입을 통해 내려앉았다. 한 줌의 재조차 남기지 못하고 불꽃으로 화한 신성한 불은 뱀처럼 휘휘 움직이더니만 에일락 반테스를 휘감았다.

그 힘이 일그러진 륜에 흡수되며 몸에 고양감(高揚感)과 함께 힘이 북돋아졌다. 대신 안정적으로 증폭하는 힘의 변화가 막 주입하던 환혼력을 끊는 결과를 초래했다.

둘이 맞대고 있던 손이 펑 소리를 내며 바로 튕겨 나온 것도 그때였다.

"내게 이런 굴욕을 주다니!"

부여된 신성력에 힘입어 삽시간에 핏빛 육체를 완성하는 메그론이었다. 에일락 반테스는 흡수된 사제의 힘이 미약하다는 사실에 탄식했다.

메그론은 운이 좋았다.

멀쩡한 고위 사제의 자기희생 주문이었다면, 그 힘을 오롯이 빨아들여 완전한 발테리아스에 블레이드 토네이도를 융합할 동력이 되었을 것이다. 그러나 수명이 다한 카탈로이기에 어디에도 쓰지 못하는 채 활력만 감돌게 하는 변화만 만들었다.

현재의 마력 양으로는 극의 두 가지를 동시에 운용할 수 없었다. 여기에 철벽의 펠마돈으로 강화되고 살의까지 증폭된 진정한 메그론이라면, 만만한 상대가 아니었다. 이제는 정말로 작은 변수가 패배로 이어질 수 있다.

물러나는 것이 현명했다.

[기뻐해라. 내 검 아래 살아남은 이는 매우 드무니까.]

"에일락 반테스!"

도주로를 살피는 그의 모습에 메그론이 으르렁거렸다. 과연 정신은 육체를 따라간다. 혈력으로 충만한 탓이기도 할 것이다. 직설적인 감정이 여과 없이 전해졌다.

[복수하고자 하는가?]

넘치는 전투 의지. 핏물이 흐를 만큼 원독에 찬 눈빛이었다. 무심한 시선으로 답했다.

[너와 같은 이들이 하나둘이었던 줄 아느냐. 언제든지 도전해라.]

말을 마친 그가 단숨에 힘을 쏟아냈다. 환혼력으로 강타하고 광검으로 찍어 눌렀으나, 철벽의 펠마돈을 일으킨 메그론의 육체는 경탄하리만큼 강건했다.

잠시 잠깐 표피만 얼어붙었고 이내 미끈미끈한 표면을 광검이 그대로 미끄러져 내려갔다.

"도망칠 수 없다!"

메그론이 팔을 휘두르자 완갑이 돌연 솟구쳤다가 벼락처럼 박히며 야트막한 담장으로 변모했다. 이를 뛰어넘는 작은 동작만큼 거리를 좁힌 그의 시선에 예리하게 뒷덜미가 베였다.

보법을 밟아 환영이 대신 베였을 따름, 에일락 반테스의 도주를 막지 못했다. 그러자 메그론이 남은 팔의 완갑을 던졌다. 사라졌던 그것은 먼저 박힌 철벽의 담장 위에 나타나서는 한층 더 높은 담을 만들었다.

'응용기가 꽤 다양한 편이군.'

세트 아이템이라도 되는지, 철벽은 상호 간에 소환 능력이 있었다. 슥 전황을 훑으니 빠른 움직임 탓에 메그론의 부하들과는 70걸음 정도 거리가 벌어진 상태였다. 이만하면 다음을 위해 메그론의 정보를 더 모아두는 것도 괜찮았다.

정면의 철벽에 발을 가져갔다. 벽면을 박차고 뛰어오르듯 무엇이든 막아내는 방패를 밟고는 대번에 공세로 전환했다.

질충으로 쇄도하며 검으로 올려치더니, 대번에 투로를 생성하여 메그론의 몸을 여섯 번 베어 넘겼다. 번뜩이는 찰나를 쪼개는 쾌속의 검이건만, 고작 얼굴에 칼자국 몇 줄기 난 것이 전부였다.

"넌 여기서 죽는다."

검의 간격을 지나서 근접전에 든 그의 핏빛 아우라가 에일락 반테스의 몸에 철썩 달라붙었다. 환혼력의 차가운 표면에 끈적하게 달라붙은 이후, 메그론은 비정상적으로 에일락 반테스의 몸에 따라붙었다.

끌어당기는 힘이 작용하는 모습이었다. 광검으로 베어내면 능히 벨 수 있었지만, 중요한 것은 메그론의 직접적인 공세였다.

철벽을 두른 그의 몸체는 단단하기가 이루 말할 수 없을 만큼이라, 강화된 에일락 반테스의 몸과 뼈마디마저 시큰거릴 지경이었다.

'전장의 기술로 이룬 경지구나.'

시뻘건 눈으로 쓰는 메그론의 격투술은 이른바 야수

의 싸움이었다. 상대의 반응과 살의에 따라 빈틈을 감각적으로 간파하여 목줄을 씹어버리는 식이다.

방어는 버리고 오직 공격일변도였다.

이에 대해 검을 놓고 유서 깊은 갈메란 격투술로 대응했다. 양손에서 뻗어 나온 여섯 줄기의 발톱이 메그론의 갑옷을 그어댔다. 울룩불룩 나오기 무섭게 헤집고 틈을 벌리며 깊숙이 흉터를 남겼다.

어지럽게 보법이 얽히고 땅거죽으로 깊은 족적이 무수히 새겨졌다. 큰 원을 그리며 거듭 교차하는 손속이었다. 찍고 비틀고 치고 꺾으며 육체를 짓밟는 명가의 격투술에, 우악스러우나 치명적인 수를 자랑하는 야수의 발톱이 파고들었다.

'천품의 무재다.'

메그론의 움직임이 점점 정교해졌다. 에일락 반테스의 움직임은 더욱 과감하고 난폭해져 갔다. 서로의 장점이 어우러지는 순간이었다.

핏빛 투명한 눈동자에 폭포수 같은 공세를 담았다. 그 흐름을 간파하며 막고 빗겨내며 휘감고 밀쳐 냈다. 흉포할 듯하나 격랑에 대처하는 유연한 움직임을 보였다.

나누는 손속에서 에일락 반테스는 자신의 격투술의 경지가 상승하는 것을 느꼈다. 아울러 메그론의 체술도 동반 상승함을 확인했다.

매끈한 얼굴에 핏빛 갑주를 입은 메그론은 터질 듯 분노했다가 순식간에 체득하는 가공할 집중력을 선보였다.

예상보다 높은 방어력과 재생력에다 자질을 몸소 체험했다. 다음에는 이에 맞춰 상대하면 되리라.

[이만하면 됐다.]

눈빛을 바꾼 에일락 반테스가 중력을 가득 담아 쇼크 웨이브를 사용했다. 물 흐르듯 이어지던 공방에서 응축된 구체가 날아들자 반사적으로 막은 메그론의 무릎이 덜컥 아래로 휘청였다.

경지가 급상승하며 잠시 무아지경에 빠진 탓이었다. 그가 얼른 적응하고 다시금 박차려는 사이, 에일락 반테스가 몸을 띄웠다.

풍류보로 새처럼 날아오르자 바닥에 떨어졌던 검이 함께 따라 올랐다. 슥 내민 손으로 검을 낚아챈 에일락 반테스가 대지를 두 쪽 낼 기세로 참격을 발휘했다.

검력은 껑충 뛰던 메그론의 몸을 짓누르며 땅과 함께

깊이 그를 파묻어 버렸다. 저 상태에서 산을 통째로 들어서 누른다 하여도 죽지 않는 것을 아는 바였다. 에일락 반테스는 흙더미에 메그론이 파묻힌 사이 전장을 벗어났다.

잠시 후 흙더미를 분출하는 물처럼 터뜨리며 메그론이 나왔다.

"에일락 반테스!"

남겨진 그가 텅 빈 허공에 외쳤다. 조금 전까지 치열하게 싸우던 적이 사라지고 없었다. 그렇게 메그론은 비바이넨을 탈환하는 데 성공했다. 그러나 승리의 기쁨은 생각만큼 달콤하지 못했다.

비바이넨 요새의 생존자가 전무하였고, 폐허가 된 터에는 그의 용병들만 돌아다닌 탓이었다. 덕분에 메그론은 잎담배를 한 수레나 태우며 치솟는 화를 삭였다.

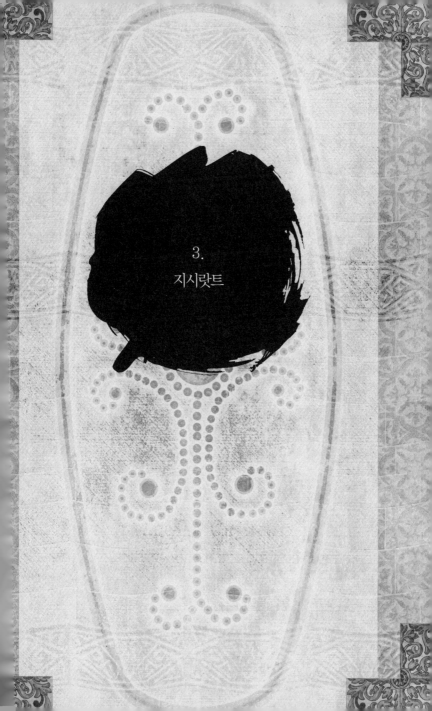

3.
지시랏트

비바이넨에서의 사태 이후, 에일락 반테스는 부하들에게 이목이 모이지 않도록 제국의 변방을 거듭 괴롭혔다. 그러면서 언데드 군단을 만들고 잃는 일을 반복했는데, 이는 얼핏 에일락 반테스의 연속적인 패배로 보였지만, 실상 란티놀 제국의 막대한 전력 누수를 가져왔다.

그도 그럴 것이 그가 나타났다는 말이 나온다는 것은 요새와 성 하나가 전멸했다는 의미이며, 그의 언데드 군단은 결국 제국민들이 병사로 부림당한다는 표현에 지나지 않았다.

란티놀 제국으로서 엑탈렘이나 훔쳐 가는 좀도둑보다
재앙을 몰고 다니는 에일락 반테스를 척결해야 하는 것
은 실로 당연했다. 아울러 지나친 학살을 자행하는 에
일락 반테스는 공분을 사기에도 충분했다. 그를 추격하
기 위해 신전과 왕국을 포함한 실력자들이 군대로 대거
조직될 정도였다.

제아무리 혈혈단신으로 돌아다니는 에일락 반테스라
해도 경계망이 이 정도로 확장되면 행동에 제약이 오게
마련이다. 그는 이쯤에서 잠시 물러나 동맹군을 찾고자
했다. 란티놀 제국에게 대항할 만한 사연과 함께 무력
도 갖춘 무리는 대륙 북동의 변방 지역에 있었다.

란티놀 제국은 에일락 반테스 평생의 적이었다. 안정
적인 통치와 넓은 영토, 풍부한 인적, 물적 자원으로
쏟아지는 강병을 상대하며 치밀하게 분석했다.

저들의 주력 기술이자 근간인 문신술에 대한 연구를
한 것 역시 당연한 일이다. 실제로 적을 생포하여 낱낱
이 연구했었다.

그러나 아류는 본류를 능가할 수 없었다. 그렇기에
에일락 반테스는 그란시아의 검을 완성하고 자체적인
검술을 창안했다. 그 탓에 높은 경지에 오르기는 했으

나, 일반 병사들에게 널리 보급하는 데는 무리가 있었다.

범용성에서 문신술에 뒤처진 이유였다. 그러던 도중 제국의 안쪽, 구와르티 지방을 잠시 점령하며 상당한 문서를 획득할 수 있었다. 특히 학자이자 분석관으로 유명한 파이렌 가문의 연구본은 매우 큰 도움이 되었다.

-마법의 종주, 테살도르를 위축시킨 문신술은 어디에서부터 비롯된 것일까. 쉽고도 편하며 그 쓰임이 무궁한 제국의 기술을 우리 후대는 쉬이 사용하면서도 고찰해 본 적이 드물다.

-이는 무능의 소산이라기보다 황실 학회의 의도적인 배척 탓으로 짐작된다. 논문이 나오면 비고로 회수되며 조사를 지속하던 학자들이 유배당하거나 의문사하기 일쑤인 탓이다.

-이에 나, 제로티 파이렌은 비명에 간 친우, 소론 리넉사스의 뜻을 이어 여생을 쏟기로 하였다. 비록 세상에 알릴 수는 없으나, 나의 연구가 진실을 알리는 등불이자 정체되어 답습 중인 문신술에 도약을 이루는

기조가 되기를 바란다.

연구 자료는 꽤 흥미로웠다. 그러나 큰 도움은 되지 못했다. 이어진 그의 기록이 머나먼 변방을 향하고 있던 탓이었다.

-흡혈종, 수인종의 근원으로 메치혼두라는 일족을 보는 이들이 있다. 소론의 연구는 그들에 관한 것으로 가득했던 바, 나는 이들을 찾기로 하였다. 그러나 이미 멸족하여 사료에 의존할 수밖에 없었다.

-드문드문 발견한 사료는 모두 130년 전을 짚고 있었다. 그때 의문의 몰살을 당하였다 하는데, 기이한 점은 제국의 팽창 정책이 시작된 것 역시 130년 전이라는 사실이다. 과연 이것이 우연일까? 좋지 못한 의문이 들었다. 우선은 연구에만 충실하기로 하자.

-기록된 바, 메치혼두는 미개하여 짐승의 피와 뼈를 삼키면 그 혼이 머문다고 믿었다 한다. 이들은 숲 사람이라 불리는데, 키가 작으며 생김새가 원숭이와도 같다. 불을 피울 줄도 모르니 실로 미개한 족속이다.

-그런 그들이 네 발로 기고 이빨로 정강이뼈를 씹

어 먹는 괴수화를 보이곤 했다. 일견 코마족과 흡사하나, 분명한 것은 이들이 인간이라는 사실이다(코마는 인간과 분명하게 다른 종족이다. 말이 통한다 하여 짐승을 인간으로 보는 우를 범하지 말아야 한다).

-그들의 움직임은 짐승의 힘을 인간의 구조로 승화시킨 본능적인 형태인지라, 매우 특수하고 독특한 강력함을 구가하였다 한다. 합치한 맹수의 종족 특성과 절묘하게 맞닿은 힘이라 하는데, 우연하게도 제국 근위병들에게 전수되는 황실 전투술인 루찬프와 유사하다.

이후의 기록물은 핏자국이 묻고 조금은 찢어진 상태였다.

에일락 반테스는 그 내용을 토씨 하나 틀리지 않고 정확하게 되뇌며 죽은 말을 일으켜 백골마로 만든 뒤 이에 올랐다. 달리는 방향은 당연히 북동쪽이었다.

-의문의 습격이 있었다. 모든 자료를 빼앗기고 다리뼈가 으스러졌다. 그러나 멈출 수는 없다. 이는 연구 방향이 옳다는 증명이기도 하다.

-우연히 북방부 출신 노예의 노래를 듣고 단서를 얻었다. 남녀 나이 16세에 치르는 광란의 의식에 스스로 짐승화 되는 메치혼두의 의식과 가장 유사한 형태를 전통으로 삼은 이들이 있음을 확인했다.

쉼 없이 달리고 또 달렸다. 임무를 맡긴 5성 장군들이 돌아오기 전에 동맹군을 완성할 요량이었다. 자신과 달리 신의 축복 없이 오직 흑마법으로 되살아난 부하들은, 오래 방치했다간 폭주할 우려가 있었다.

자신에 대한 충성심이 있으니 일정 부분 제어할 수는 있지만, 오래 끌어서 좋을 것은 없었다. 그러자면 쌓인 화를 풀어야 하며, 이는 전쟁을 통해 자연스레 해갈될 터였다. 그러자면 툭 치면 와르르 부서지는 언데드가 아닌 제대로 된 병력이 필수였다.

백골마가 열흘째 내달렸다.

-19대 가주, 제라드 파이렌이 적는다. 병환과 후유증으로 돌아가신 아버지의 뜻을 이어 '진실의 등불을 밝히라'는 가훈에 따라 연구를 잇기로 했다. 그러나 가문 비고에 보관 중인 연구본을 읽으며 확인한 것은

이와 같은 방식으로는 한계가 있다는 사실이다.

　-이를 위해 모임에 나서며 인맥을 다졌다. 학문에 뜻을 두었던 아들을 기사로 만들어 직접 황실의 문신술을 익히게 하였다. 그 노력의 끝으로 찾아낸 진실을 여기에 적는다.

　-20대 가주. 제로스 파이렌이 마지막으로 적는다. 감시자들이 있다. 추격당하고 있기에 언제 이 목숨이 끊어질지 모른다. 후대에 전해질는지 알 수는 없으나 대를 이으며 내가 조사한 바를 여기 수록한다. 부디 진실의 등불이 꺼지지 않기를 바랄 따름이다.

　-10년을 주기로 은퇴한 황실단원이 향하는 곳. 나이 예순에 이르도록 충성하여 선배들과 가게 된 그곳은 저주받은 백색의 대지였다. 호캄의 설원을 바라보는 동쪽 지시랏트의 지붕 너머, 고립된 나라 셋레인이 있다.

　-그곳에는 저주의 땅에서 단련하고 야수의 혼을 몸에 가두며 육체의 극한을 추구하는 이들이 있었다. 제국 최정예가 저들의 대표와 10년을 두고 결전을 벌인다. 요구하는 것은 단 하나, 쇄국. 저들의 요구는 자유다.

-이들의 힘은 보급된 문신술보다 안정적이며, 루찬 프보다 지속성에서 뒤떨어지나 폭발적인 운용은 더욱 대단했다. 순수 문신술로는 우열을 가릴 수 없었다. 그러나 저들이 아무리 맹수의 혼을 불태운다 해도 마법과 비약으로 무장한 우리에는 아직 미치지 못한다.

-술법이라는 것으로 마법에 대항하려 했으나, 마법의 깊이에는 역부족. 그나마도 제국의 석학이 낱낱이 해체할 것이다. 결국, 우리는 승리하였고 저들은 10년간 다시 발톱을 갈게 되었다.

당시 기록물을 보며 놀라움과 두려움을 느꼈던 감정이 새록새록 떠올랐다. 대를 이어가며 조사하는 집요함에다 진실을 찾고 알리려는 노력 끝에는 란티놀 제국을 위한 충성심이 깔렸던 까닭이다.

저들은 황실이 금기한 지식을 연구했다. 그러나 이는 황실이 아닌 제국을 위하기에 가능한 신념이다. 저런 이들이 곳곳에서 학문과 문화를 발전시키는 곳이 제국이었다.

'그랬는데, 그란시아에 충성이나 하다 죽었으니.'

아군을 무참히 패배시킨 적장조차 뛰어나기에 등용하

려는 황제의 배포를 되새기면 그저 입맛이 쓸 따름이다. 당시의 그란시아는 사치와 향락에 빠져 있었고, 왕인 보헨 샤온드는 천하에 이런 암군이 또 있을까 싶을 만큼 모든 면에서 뒤떨어졌다.

[나도 참 어리석기는 어리석었군. 아집과 편견이라…….]

지나고 난 지금에야 웃을 수 있는 부분이었다.

당시 이 자료를 얻었음에도 셋레인에 가지 못한 이유는 안타까운 조국, 그란시아 왕국 때문이었다. 강력한 적이 항상 있었기에 상시 비상사태였다.

그야말로 매일같이 풍전등화인지라 감히 자리를 비울 수가 없었다. 저들에게는 에일락 반테스 자신이 난공불락의 요새로 느껴졌겠지만, 사실은 아슬아슬한 균형에 불과했다.

자신은 물론, 5성 장군 중 어느 하나라도 빠졌다가는 그대로 패배했을 것이다. 그 탓에 동맹군을 부르는 일은 차마 실천에 옮기지 못했었다. 반면, 지금은 달랐다.

'운이 좋다.'

기회를 다시금 손에 쥐었다는 사실은 여러 번 곱씹어도 행운이 분명했다. 비록 지금 움직이는 것이 가짜 에일락 반테스라 할지라도 그는 괜찮다고 여겼다. 기억이 있고 똑같이 생각할 수 있다면, 그것이 곧 존재하는 거나 다를 바 없기 때문이었다.

일이 순조로웠다. 온 세상 만물이 자신을 뒤에서 밀어주는 듯한 착각마저 들 정도였다. 실제로 시와 때가 모두 에일락 반테스를 원조하고 있었다.

메치혼두가 사용했다는 힘은 현재 이상현이 소울 이터로서 사용하는 종의 기원과 맞닿았다.

[내 모든 것을 그대에게 주겠다.]

에일락 반테스는 자신이 취득하고 성취해 나가는 모든 기록을 언젠가 본체가 볼 날을 위해 정리했다. 아울러 신뢰의 펠마돈이 새겨진 대상인 이블린과 강유나, 월향이라 할지라도 허락을 맡고 보기를 당부하였다.

간단한 전언을 남기는 것이 전부였지만, 효과는 충분히 있을 것이다.

'본체는 여러모로 미숙하군. 믿는다는 것도 좋지만, 적당히 서로 비밀도 있어야 하는 법이거늘.'

이용택이 보인 무공을 심상으로 수련하고 해체하여 각각의 의미에 주석을 달았다. 그뿐만 아니라 과거 월향이 보였던 검무도 정리했다. 그러며 흥미로운 정보

하나를 얻게 되었다.

디칼립스를 상대하며 법력이라는 개념을 알게 된 거였다.

같은 무공을 사용하더라도 위력에서 뒤떨어지는 이유. 이상현의 극의와 차이를 보이는 원인이 그것에 있었다. 지금까지 동기화가 덜 되어서 일어난 일인 줄 알았는데, 격이 응축되어 발현되는 것이었을지는 미처 예상치 못했었다.

이른바 천공수를 찾을 정도의 강자는 법력의 소유자라 해도 과언이 아닐 터. 그렇다면 이에 대한 대응책도 마련해 둠이 옳을 것이다.

'모든 경지는 반복되게 마련. 배우고 익숙해지며 자유로워진 뒤 다시금 배우고 익숙해진다. 광검이자 극의인 발테리아스를 기반으로 하여 동등한 경지의 극의로만 하나의 몸짓을 완성하면, 그것이 곧 궁극의 절기가 될 터.'

발테리아스와 블레이드 토네이도의 결합이 부른 막강무비한 파괴력이 단서였다. 마력의 조화가 아닌 극의에 도달한 깨달음을 엮어 새로이 창안하는 것이었다.

각각의 극의를 모아 이어지는 군무를 만든다면, 연속

된 극의의 조화 끝에 무엇이 나타날까? 기실, 이는 일반적이라면 결단코 이룰 수 없는 발상이었다. 에일락 반테스 자신조차 평생의 노력으로 검의 극의만 맛보았다.

그럴진대 몇 가지의 극의를 모아 군무를 만든다니. 수명이라는 물리적인 한계와 더불어 엮을 씨줄과 날줄의 수 자체가 부족한 것이 보통이었다.

하지만 온갖 스킬과 극의와 원형까지 두루 섭렵하는 이상현이 있기에 할 수 있었다.

에일락 반테스는 그 시작으로 자신의 두 극의인 발테리아스와 블레이드 토네이도의 요체를 엮었다. 마력 총량을 최대한 줄인 상태로 기예와 이치만을 아우르는 검도의 시작이었다.

그 순간, 눈이 뜨였다. 정점을 시작점으로 보는 순간에 에일락 반테스는 검의 새 지평을 열 수 있었다. 수족과도 같던 그란디움 발베란이 맑은 울음을 토하며 환상처럼 떠올라 공간을 갈랐다.

표정 없던 그의 입가로 미소가 어렸다.

뜻에 따라 천변만화하는 검이기에, 어검술이라 명명

한 경지를 토대로 에일락 반테스는 기존의 검술을 다시금 수련했다. 서두르지 않고 냉정하리만큼 차분한 수련의 시간이었다.

의념으로서 점령한 뒤 검계를 차분히 다졌다. 과거 검기와 광검으로 펼쳤던 검술을 어검의 위력과 속도에 맞춰 다시금 단련했다. 스치는 단상을 신기루로 흘리는 일 없이 모두 체화하니, 그는 감히 말할 수 있게 되었다. 소드 마스터 이후에 위대한 검의 경지가 더 있노라고.

[평생을 걸어야 할 길이로다.]

언데드 총사령관으로서 신위를 얻기보다, 왠지 검으로 신격을 성취하는 것이 자신에게 맞는 길이라는 생각마저 들었다.

그런 연후에야 다시금 움직였다.

북쪽으로 올수록 인적이 줄었다. 백마력이라 불리는 호캄의 저주는 인간을 비롯한 모든 생명체가 꺼리는 탓이었다. 에일락 반테스는 지시랏트를 향하는 길목에 접어들며, 지금까지 타고 온 백골마를 허물어뜨렸다.

죽은 말을 타고 다니며 괜히 거부감을 일으킬 이유가 없는 까닭이다.

거인의 시체를 뜻하는 고대어, 지시랏트.

에일락 반테스는 셋레인이 있다는 고원지대로 향했다.

유수행을 밟았다. 전투에 최적화된 자신의 보행은 인마(人馬) 일체와 폭발적 운용이 특징이었다. 반면, 이상현의 비전들은 예리함은 상대적으로 부족하나 깊이가 있었다. 전장에서 만들어진 것과 수도를 목적으로 창안된 것의 차이 때문이었다.

흥미로운 것은 어검술의 경지에 접어들며 무공을 수련하는 맛이 더욱 난다는 사실이다. 확실하게 적을 죽이는 기술보다 제압하고 정진하는 무공이, 뜻을 기반으로 한 어검의 경지에는 더욱 자유로운 초식의 무한성을 선사했다.

'동맹을 체결하는 데는 무공이 효과적이겠어.'

결투로 저들을 끌어들이는 것이 목적이니, 도륙하는 전장의 검보다는 우아하고 신비로운 무공이 좋겠다. 질주하면서도 수련은 쉼 없이 이어졌다. 단 한순간도 허투루 보내는 시간이 없었다.

호캄도 취해보면 어떨까?

의념 관통의 검이 신비막측하나, 땅을 딛고 선 것은

육신이다. 뿌리인 육체를 소홀히 한 무인은 자격이 없다.

에일락 반테스는 육체 변이를 일으키는 북극의 백마력 역시 취하려 했다.

그러나 백마력은 외려 튕겨 나갔다. 빨아들인다 해도 환혼력에 최적화된 죽은 육체는 백마력에 조금도 반응하지 않았다.

[흑마법의 영향인가.]

아쉬우나 미련은 없다. 대신 다른 단련법을 사용했다.

그는 쇼크웨이브와 발테리아스를 통한 중력 강화를 자신의 몸에 부여했다. 이른바 육체를 혹사하며 단련시키는 것으로 증강의 비법이라 이름 붙였다.

비록 죽은 육신이기는 하나, 부서지고 재구성하며 단련시키는 데는 부족함이 없었다.

일그러진 륜의 힘으로 혈력까지 감도는 마당이니, 전무후무한 언데드이자 생명체가 바로 자신이었다. 이러한 불합리한 힘을 그가 간과할 이유가 없었다. 철저하게 모두 사용하기로 했다.

두 배, 네 배, 다섯 배를 지나 열 배까지 적용하여

육체를 단련했다. 북극의 괴수를 사냥하여 그 뼈와 살을 취해, 자신의 육체를 굴강하게 만드는 재료로 사용하였다.

죽이고 먹으며 세계까지 집어삼킨 펠마돈의 괴수처럼, 에일락 반테스는 자신을 거듭 몰아붙였다.

박제되어야 할 언데드의 육신이 거듭 성장해 나갔다. 인간의 몸에서 호캄으로 변이했던 이상현처럼 거대해지며, 압축되어 정련된 몸의 무게가 수 톤에 이르렀다.

평생을 함께한 검과 갑옷에 환혼력을 불어넣으며 물성 변화로 늘리니, 아예 피부와 살에 융합되며 동반 성장하기까지 했다. 비록 역사에 정통하지는 않으나 하나는 자신할 수 있었다. 자신과 같은 존재는 사상 유례가 없다는 사실이었다.

[불합리함도 섭리의 일부런가. 일그러진 륜이라, 곧바로스라. 실로 알 수 없는 것이 초월이로구나.]

무공의 이치를 적용하여 환골탈태를 이루었다. 거인처럼 확장되던 육신이 허물을 벗으며, 내부의 환혼력이 결집하여 용의 심장처럼 단단히 응어리졌다.

이를 토대로 이상현이 그러했듯이 자신의 몸을 투영하자 순후해지고 환혼력이 가일층 정제되어 결정체로 몸을 이뤘다. 이전의 힘이 빙하와 같았다면 이제는 영혼마저 얼어붙게 하는 지경이었다. 환혼력이 승격한 것이다.

'검과 같은 이치로다.'

어검을 깨우치고 검을 다시 수련했듯이, 에일락 반테스는 승격한 환혼력과 육신에 맞춰 지금까지의 기초를 허물고 또다시 스킬과 무공을 체화했다. 실로 지난한 과정이었으나 출중한 자질과 끈기, 끝없는 정신력으로 임하였다.

중력의 응용술 역시 한계치까지 숙달시켰다.

원형으로 퍼뜨리고 집중해서 압사하며 농락하는 것을 넘어서, 손가락 마디마디의 단위로 다른 중력을 사용하는 것이었다. 중력 증강 기술의 절정으로서 이 하나만으로도 상대를 철저하게 무력화하고 목숨을 끊을 만했다.

인체란 피의 흐름, 장기의 위치, 내부 압력의 작은 차이만으로도 사달이 일어나는 매우 정교한 장치인 까닭이다. 막아낼 방법은 오직 전신으로 강막을 운용하는 수밖에 없다.

이는 굉장한 힘의 낭비이니 이제 그를 상대하는 적들

은 가뜩이나 지치지 않는 언데드를 상대로 스스로 자멸하게 될 것이다. 이 극의와 원리를 에일락 반테스는 정돈하여 이상현의 지식 창고에 포개어 두었다.

하나씩, 비전이랄 수 있는 그의 무(武)와 업적이 더해져 갔다.

'이건 거산격(巨山擊)이라 하자.'

유수행이 제법 몸에 익으니 풍류보로 바꿨다. 질풍을 이끌어냈듯 유수행에서 격류의 스킬을 이끌어낸 그는 질풍과 격류를 질충과 아울러 돌격형 보법의 총화로 가공할 몸통박치기를 창안했다.

산악과도 같고 산을 부수는 일격이었다.

'다음은 무엇이 좋을까.'

설원을 달리며 자연의 변화를 심상에 담고 육체로서 구현했다. 각종 상념이 갖가지 스킬로 구현되고 지워지며 다듬어졌다. 이상현의 다양성을 받아들여 자신만의 경지를 새로이 개척하였다.

일로 정진이었다.

※   ※   ※

닷새를 달린 에일락 반테스의 이목에 한 사람이 잡혔다. 큰 침엽수의 밑동을 차고 때리는 남자는 작고 왜소하나 단단해 보였다. 수련복 위에 가벼운 가죽옷을 입은 그는 이상현의 세계에서 동양인이라 불리는 이들과 매우 흡사했다.

[하나 물어봄세. 이곳이 셋레인이 맞는가?]

보법을 거두고 저벅저벅 발걸음을 내며 다가간 에일락 반테스였다. 그런 그를 보자 남자는 강한 적대감을 피웠다.

'봉쇄된 땅. 죄인과 간수인 셈이니 제국인들과는 원수지간이겠지.'

자신의 생김새가 비슷하니 아마도 란티놀 제국인과 혼동한 것으로 보였다.

사내가 무어라 소리쳤으나 알아들을 수가 없었다. 듣도 보도 못한 언어인 까닭이다. 이는 묘한 단서였다.

'제국과 교류가 있는 것으로 아는데, 언어가 다르다?'

이는 독자적인 자신들만의 문화를 이으려는 노력이 생각 이상으로 깊다는 것을 증명했다. 에일락 반테스는 이상현으로부터 받아들인 '고요의 정신' 스킬을 사용하여 사내의 언어를 해석하고 실시간으로 받아들였다.

잠깐의 시간만 있다면 얼마든지 습득할 수 있었다. 그러자면 저자가 더 말을 하게 해서 자료를 획득할 필요가 있었다.

[성격이 꽤 급한 젊은이로고.]

문제는 그가 딱 한 번 소리치고는 와락 달려들었다는 것이었다. 제압한 후에야 대화할 수 있을 듯 보였다. 에일락 반테스는 지나치게 강력해진 자신의 힘을 조절하여 가볍게 손을 내쳤다.

환혼력이 가미된 쇼크웨이브가 냉기를 품은 얼음 파도로 물결쳤다. 직선형의 기술을 본 사내가 우뚝 멈췄다.

"…도둑 새끼들!"

변환되지 않던 말이 일부 해석됐다.

사내는 기합을 내지르며 우측 발로 후려쳤다. 단련된 정강이가 얼음 파도를 으깨고 뾰족한 파편에도 눈 하나 깜빡하지 않은 그는 차돌 같은 주먹을 쥐어 달려들었다. 에일락 반테스의 눈이 사내를 대번에 분석했다.

물리력과 신체 강화. 경지는 일천하나 기본에 충실한 격투술이었다. 성향 파악 완료. 이런 자에겐 자신하는 몸과 몸의 부딪침이 효과적이었다.

사실 모든 무투파의 공통된 특성이기도 했다.

에일락 반테스는 그대로 그가 간격을 좁히기를 기다렸다. 갑옷째 우그러뜨리겠다는 듯 주먹을 뻗다가 낮게 걷어차 얄팍한 속임수를 그대로 맞아주었다.

"끄으!"

쇼크웨이브를 부쉈던 정강이건만 에일락 반테스의 다리에 부딪히자 사내는 사색이 돼서는 절룩이며 물러섰다.

실로 달걀로 바위를 깨뜨리려 했고 나무로 철판을 후려친 격이었다. 여기에 파고드는 환혼력의 냉기가 그의 다리를 마비시킨 것도 한몫했다.

[미안하게 됐군. 내 몸에 흐르는 피는 붉지가 않아서 말이지.]

무방비 상태의 사내에게 손을 뻗었다. 꿰뚫을 듯 뻗은 주름진 에일락 반테스의 손이 사내의 목울대를 가볍게 치고 거두어졌다. 한번 죽었다는 의미이고 봐줬다는 표시였다.

굴욕적일 터. 욕설이 분명한 말을 내뱉으며 사내가 온 힘을 다해 재차 공격했다. 드러난 몸으로 검은 줄무

늬가 어리고 육체 자체가 호랑이처럼 변했다.

1미터 70센티미터의 키가 2미터가 되더니 눈높이가 같아졌다. 윗옷을 찢어발긴 그가 맹호와 같이 울었다.

급증한 힘으로 주먹을 내질렀다. 뺨에 꽂히는 권에 돌연 쩍 하며 땅에 균열이 일었다. 충격이 그대로 아래로 전가된 것이다. 대지의 뿌리를 통한 힘의 분산이었다. 에일락 반테스의 발이 슬며시 땅을 밀었다.

"커헝!"

사내의 목이 뽑힐 듯 뒤로 꺾였다. 두두의 땅 구름이 송곳처럼 턱을 올려친 탓. 머리를 가로로 힘차게 흔드는 사내의 명치를 사뿐히 밀었다.

[이걸로 두 번 죽은 셈이군.]

부드럽게 밀려난 사내가 연거푸 달려들었지만, 대지의 뿌리로 전가하고 자신의 힘이 파동으로 돌아오는 이 한 수를 감히 어쩔 수 없었다. 맞고 튕겨 나간 뒤 급소를 만지는 일이 반복됐다.

안간힘을 쓰던 사내가 분에 찬 말을 내뱉었다. 저주임이 분명한 그 말들을 차분히 곱씹던 에일락 반테스는 높은 지혜와 고요의 정신 스킬의 도움으로 성조와 언어 체계를 파악했다.

"비겁한 놈들! 빌어먹을 마법! 라탁슈낙이 본 살육자가 이런 자라니!"

[마법? 라탄슈낙?]

게다가 살육자는 무슨 말일까. 제압하고 확인하기로 했다.

그가 다시 덤벼보라며 검지를 까딱였다.

"크아아!"

포효하며 호랑이 사내가 네 발로 달렸다. 살기충천한 야수의 움직임에 철근처럼 꽉 찬 기본기가 묵직한 쇳덩이처럼 밀려들었다.

이번에는 검을 잡았다. 검집째로 치솟은 그것이 종횡했다. 먼저 위에서 아래로 움직이자 사내의 정수리에서 '떵!' 하는 쇳소리가 울렸다.

"끄윽!"

막으려던 팔보다 검속이 빨랐다. 본능적으로 움츠린 사이 가로로 움직인 검은 그대로 사내의 몸통을 후려쳤다. 옆구리를 얻어맞고 풀풀 날아간 사내가 바닥을 나뒹굴었다.

[끈기는 있구나. 또 오겠느냐?]

검을 거둔 그가 재차 손을 까딱였다.

옆구리를 움켜쥐었던 사내가 이를 악물고 자세를 잡았다. 무작정 달려들지 않고 신중히 자세를 취하였다. 이번에는 에일락 반테스가 다가갔다.

보법을 밟을 것도 없이 다가가며 투로를 뻗었다. 꺾고 치고 비트는 각종 투로들로 좀처럼 수그러들지 않는 사내의 투지를 잠재울 요량이었다. 한데, 투로를 접한 사내의 몸이 민감하게 반응했다.

투로를 느끼고 펼칠 수준이 되지 못했는데도 감각적으로 치명타를 피하고 있었다. 자세를 틀면서도 왜 그런지 이해하지 못하는 기색이 역력했다.

'이들의 문신술은 실전으로 다져지는군.'

맹수의 혼이라는 힘이 격하게 활성화되며 본능이 개화하는 모습이었다. 투지 넘치고 피를 머금으며 성장하는 모습이 아주 보기 좋았다.

[더 보여봐라.]

에일락 반테스는 성큼 다가가 손을 내밀었다. 쇼크웨이브는 물론, 환혼력조차 쓰지 않았다. 완력 대 완력. 기술 대 기술이다.

[본능에 더해서 궁리해라. 빈틈을 보인다고 무작정 달려드는 짓은 애송이나 하는 짓이니라.]

사내가 이해할 수 없는 대지의 뿌리를 사용하지 않은 채, 할퀴면 빗겨 치고 뻗으면 감아치며 공방의 흐름과 타점을 좁히고 분산하는 격투술의 요령들을 손수 지도했다.

맹수의 형태에 맞게끔 타격기를 중심으로 선보였다. 어떤 상황에서도 타격하여 때려 부수는 요체를 전하자, 발작하던 사내가 한결 정돈된 자세로 양손을 휘저었다.

날카로운 호랑이의 발톱이 뻗어 나왔다. 절도 있고 딱딱하던 걸음이 은밀해졌다. 두 발로 선 호랑이 인간에서 더욱 맹수에 가까워지자, 날카로움이 극대화되더니 마지막으론 맹호의 이빨이 불쑥 튀어나왔다.

"뼈에 새기되 싸울 땐 다 잊어야 했던 거구나!"

[그것이 단련이다.]

지친 사내가 무릎을 꿇었다. 허옇게 얼어붙은 몸 위로 수백 대를 흠씬 맞아 멍 자국이 선명했다. 그러나 표정은 개운하고 후련해 보였다.

"대륙인들은 죄다 비슷비슷해서 헷갈리오. 그래도 제국 놈이라면 이리 배려해 주지 않았겠지. 누구요, 당신은? 내가 기다린 그가 맞소?"

[기다렸다?]

반문을 들은 사내는 자신의 머리통을 세차게 후려쳤다.

"아아, 먼저 말했군. 젠장⋯⋯. 우선 말해주시오. 당신은 누구며, 왜 온 거요?"

[나는 에일락 반테스. 란티놀 제국을 적대하는 자다. 그대들의 왕을 만나고자 왔다.]

사내는 풀린 다리로 어찌어찌 일어나려다 나무에 기대앉았다.

"맞는 거 같군. 나는 호왕가의 외문 제자 라키라 하오. 괴물과 저주가 즐비한 이곳에 온 걸 환영하지만, 고작 나 하나 이긴 걸로 왕께 인도할 수는 없소. 무가 외문까지만 인도하고 소개하는 것이 내 한계요."

무가에다 외문이라 했다. 생경하기 그지없는 체계였다.

[다른 가문이 있는 건가?]

"6령 9왕을 품는 열다섯의 가문이 있소. 각 가문의 대표가 10년마다 대결하여 최후의 승자가 10년을 통치하지. 현재는 염홍령(炎紅靈)의 샨이시고."

최강자가 지도자가 되는 대표자 선출 방식이었다. 힘을 최우선 하는 모습이 사뭇 이색적이었다. 왕국이라기

보다는 정통의 무문(武門)이자 무가(武家)라는 표현이
어울렸다.

[어찌해야 왕을 만날 수 있지?]

그 물음에 사내가 준비했다는 듯이 바로 읊었다.

"무가 외문과 내문의 경계에 란티놀의 기사들이 있
소. 당신이 정말 그들의 적이라면 기사들을 죽여 증명
하시오. 이후 15령가의 인정을 받는 비무행인 8주문의
의식을 치른 뒤 왕위에 도전하면 셋레인은 그대의 말에
따를 거외다."

'왕을 만나는 방법을 물었는데 왕위를 얻는 법을 알
려주는군. 내가 셋레인의 온 목적을 이미 알고 있었다
는 뜻인데⋯⋯.'

일찍부터 준비하고 있던 대사가 분명했다. 자신이 겪
은 라키라는 사내는 전사형이지 학자가 아니었다. 더군
다나 필요한 정보와 상대가 원할 것 같은 이야기를 알
아서 풀어줄 인물로 보이지도 않았다.

필시 언질을 받았음이라. 조금 전, 라키가 말했던 기
묘한 이름의 주인이 지시한 일일 것이다.

[라탁슈낙이라는 자가 예언이라도 하는가 보군]

"맞소. 그녀는 앞날을 내다보지."

에일락 반테스의 무심한 눈이 라키를 내려다보았다. 죽음에서 돌아온 자신이다. 이상현을 만나며 비틀린 운명이었다. 자신은 에일락 반테스이되 이상현이랄 수 있는 분신이자 화신이었다.

그런데 그런 자신의 앞날을 읽었다?

극의의 군무를 이룩하여 초월적 완전체에 도달하려는 자신을 감히 예측했다? 믿을 수 없는 이야기였다. 마치 이 모든 일이 정해져 있고 누군가가 읽어서 대처한다는 뉘앙스로 들리기에 충분했던 까닭이다.

그 침묵에서 무엇을 느꼈는지 라키가 다급히 말했다.

"자세한 건 직접 들으시오. 내가 외운 건 여기까지라서."

[안내하라.]

라키는 네 발로 땅을 짚었다. 머리칼과 눈썹이 하얘지고 피부와 털이 길어졌다. 에일락 반테스는 백색 호랑이가 된 그를 따라 산을 올랐다.

라키를 따라 도착한 능선에는 기이한 건물이 있었다. 얼어붙은 폭포를 배경으로 지어진 누각에 설피 보이는 건물은 놀랍게도 이상현의 세계에 존재하는 문풍지에 기왓장과 장독까지 빼다 박은 한옥이었다.

아궁이에서 불을 지피는지 연기까지 피어오르니, 전원의 풍경이 바로 이것이었다. 게다가 저 멀리 보이는 고지대에는 제국 특유의 성벽과 성문이 아닌 동양의 성문이 웅장하게 보였다.

'기이하구나. 셋레인이 이런 모습이었을 줄이야.'

영물처럼 짐승의 모습을 한 영체가 날아다녔다. 넉넉한 소매 옷을 휘날리는 주술사부터 창과 칼을 찬 전사도 있었다. 경계를 철통같이 하는 그 모습에서 에일락 반테스는 이상현의 기억을 떠올렸다.

역사 드라마를 보는 듯한 광경인 탓이었다. 시간을 거꾸로 돌리기라도 한 것 같았다. 그러나 중요한 것은 이곳은 이상현의 세계가 아닌 그들이 new century 라 칭하는 다른 세계라는 사실이었다.

'묘하다. 실로 묘해.'

음양과 오행. 유불도의 사상적 기반 없이는 저와 같은 건물과 장식 형태가 있을 수 없었다. 이는 어떤 경로로든 세계를 넘나드는 이가 있음을 뜻했다.

저편에서 이곳으로 왔는지, 이쪽에서 저 세계를 관찰했는지는 몰랐다. 중요한 것은 최소 500년은 됐을 것이라는 사실. 그렇지 않고서야 저런 건축양식을 그대로 유지할 까닭이 없었다.

이 수수께끼는 곧 풀릴 것이다.

"다 왔소. 나야 뭐, 들어도 잘 모르고 골치 아픈 얘기만 나올 게 분명하니 여기서 기다리리다."

돌계단에서 인간의 모습으로 바꾼 라키가 수문장처럼 자리를 지켰다. 실력이 미천하여 그다지 믿음직스럽지는 않으나, 사명감만큼은 투철했다.

에일락 반테스는 그를 일별한 뒤 앞의 누각으로 향했다. 오색의 천이 나부끼는 그곳에는 흰 털옷을 입은 검은 한복 차림의 여인이 있었다.

"참으로 오랜 기다림이 이제야 끝을 보는군요. 귀하신 분을 뵙습니다."

앞을 보지 못하는지 두 눈을 감고 있는 여인은 발걸음 소리조차 없는 에일락 반테스에게 인사했다.

"셋레인의 무녀, 라탁슈낙이 인사 올립니다."

[차(茶)로군.]

바깥의 매서운 칼바람도 누각을 감도는 묘한 기류에 잠잠해졌다. 작은 탁자에는 낯설지만, 한편으론 익숙한 솔잎 향이 감돌았다.

유리창 바깥과 안의 차이만큼이나 누각 내부는 고즈 넉한 분위기로 가득했다. 탁자에 놓인 다기(茶器)가 유 난히 눈길을 잡아끌었다. 이것 하나가 실로 많은 이야 기를 해주고 있었다.

에일락 반테스는 자리에 앉으며 물었다.

[얼마나 기다렸지?]

"200년의 기다림이었습니다."

[나를 누구로 알고 있느냐?]

"높으신 분의 화신이자 무(武)와 살육의 사도이신 에 일락 반테스 님입니다."

이상현이 신위를 얻었으니 그의 분신이나 마찬가지인 자신은 사도라 칭하기에 부족함이 없었다. 참으로 적확 한 명칭이지만 의문점은 바로 이것이었다.

대관절 이 여자는 이 모든 사실을 어떻게 아는 걸까.

그때 불현듯 이상현이 몬스터 플레이를 하며 접속하 던 때의 광경이 떠올랐다. 세계의 벽을 넘어서 저 하늘 에 수없이 펼쳐진 운명이라는 이름의 씨줄과 날줄을 타 고 낙하했었다.

이러한 접근 방식을 new century에서 알 법한 존 재는 오직 둘뿐이다.

징벌을 책임지던 태양과 빛의 신, 뮤테르. 그리고 운명의 씨줄과 날줄을 관리하는 여신인 시넬라였다. 일명 베틀을 짜고 별을 수놓는 자라 불리는 시넬라에 권속이라면, 자신의 정체와 더불어 과거와 미래를 본다 해도 가히 무리는 아니었다.

[그대는 사도인가, 사제인가, 아니면 그녀의 파편인가?]

"여신께선 잊힌 자와 함께 소멸하였습니다. 저는 편린에 불과하지요."

하긴, 당연한 일일 것이다. 회귀를 통해 일어난 반작용으로 운명의 씨줄과 날줄이 엉망진창이 되었을 터. 주관하던 여신이 존재마저 상실하는 것은 실로 마땅했다.

'사제였던 그녀가 파편을 얻어 독자적으로 신위를 추구하게 된 거로군. 격을 이루기엔 자질이 부족하니 이상현과 나에게 편승하려는 것이고.'

잊힌 자는 곤바로스이니 운명의 여신인 시넬라는 곤바로스의 진영에 속해 있었던 신이라는 의미다. 눈앞의 라탁슈낙은 강유나가 곤바로스의 유물을 습득한 것처럼 소멸한 시넬라의 일부를 받은 존재였다.

[신이 되고자 하느냐?]

"불완전한 자아를 완성하려는 것뿐이옵니다."

[그녀의 신물을 보여다오.]

라탁슈낙은 넓은 소매에서 보라색 부채를 꺼냈다. 대번에 공항에서의 사건이 떠올랐다.

[73번째 능력자에게 기생하고 있었던 게냐?]

공손히 차를 따른 그녀가 차분히 말했다.

"영혼의 파장이 맞는 이였습니다. 꿈의 형태로 단편적으로나마 의지를 교류하고 있지요. 그녀가 찾는 것은 운명의 조각일 뿐입니다. 부디 관용을 베풀어주세요."

어쩐지, 강유나의 손에서 잘도 벗어난다 싶었더니 일반 능력자가 아닌 new century와 연이 닿은 존재였었다. 다만, 200년이라는 시간과 미래를 본다는 말의 의미가 내심 마음에 걸렸다.

에일락 반테스는 이 정보 역시도 본체에게 전하며 대답했다.

[지금처럼 선만 잘 지키면 될 것이다. 이제 직접 말해보아라. 거짓 없는 네 바람과 순수한 욕망을 말이지.]

에일락 반테스가 준 기회였다. 신뢰를 보이면 거두는 이 방식은 기실 본래의 그가 아닌 이상현의 스타일이었다. 진심에는 기회로. 거짓에는 죽음으로 보답하는 거였다. 본체의 펠마돈에 충실하게 따르는 그였다.

"우선 저의 신위를 위해 사도님을 속이려 한 것은 절대로 아님을 고백합니다. 셋레인의 무녀로서 그리 행해왔고 라키는 자신의 앎대로 행했을 뿐이지요."

[200년에도 의미가 있기는 하다?]

"종족 해방의 역사입니다."

한차례 절을 한 무녀가 말을 이었다.

"저의 바람은 셋레인의 해방입니다. 시넬라 님을 모시던 사제이지만 저의 태생은 셋레인이며, 제 조상은 메치혼두. 이 피는 라훌 일족의 것입니다. 제 가족을 핍박하는 란티놀 제국의 속박이 없기를 바랍니다."

그녀가 말하는 것은 란티놀 제국의 핍박을 받으면 지시랏트에서 벗어나지 못한 200년의 세월이었다. 기다림은 해방을 위한 노력의 세월을 뜻했다. 여기서 재미난 부분이 있었다.

메치혼두 일족이 사라진 것은 파이렌 가문의 연구 기록으로 130년 전이다. 에일락 반테스 사후 그란시아 왕국이 멸망한 것은 지금으로부터 50년 전.

여기에 연구일지를 얻은 당시, 20대 가주인 파이렌

이 70년 전의 인물이었음을 고려하면 메치혼두 일족이 죽고 이들 일족이 셋레인에 고립된 것은 최소 250년 전이 된다.

　'이 역시도 팽창 정책 이전에 문신술을 연구한 기간을 뺀 최소 수치지.'

　실제로는 그 이전에 옮겨졌을 터인데, 라탁슈낙은 와신상담의 세월을 200년으로 말했다. 이는, 셋레인의 역사가 아닌 무녀 라탁슈낙과 그녀 가문의 사연임을 뜻하는 거였다. 여기에 운명의 여신 시넬라 역시 배제됐다. 그녀가 소멸한 것은 이상현의 회귀 시점과 맞는 까닭이다.

　시넬라의 사제로서 오래도록 품고 있던 염원을 신의 소멸이라는 행운에 기대어 지금 이루고자 하는 것. 이것이 라탁슈낙의 본심이었다. 하면, 정확하게 확인해야 하는 것은 그녀의 정체이자 속내였다.

　[너는 어디에 속하였느냐.]

　저편의 존재가 넘어온 것인지, 무녀로서 저편을 보게 된 것인지를 물은 것. 라홀 족속의 무녀인 라탁슈낙이 마음이 전달되기를 바라는 모습으로 대답했다.

　"보았습니다. 신녀로서 선택받은 이후에 말이지요."

짐작했던 대로의 이야기였다.

"실험으로 순혈의 메치혼두를 잃은 제국은 혼혈족인 우리 라훌 일족을 잡아들였습니다. 그리고 셋레인에 가두고 사육했지요. 문신술을 원형 그대로 사용할 수 있도록, 오로지 근친혼만으로 혈통을 유지했습니다."

환경에 잘 적응한다는 것은 핍박받는 것 역시 수용함을 뜻한다.

"대를 이을수록 문제가 생기고 분노는 체념으로, 나아가 제국을 동경하는 세태가 이뤄졌어요."

세대를 넘기면 체념은 곧 삶이 됐다.

"그러던 중, 초대 무녀이신 베넬 님이 비밀의 시선을 타고나시며 여신, 시넬라 님의 관심을 받게 되었습니다. 영혼이 구름 신전으로 불렸고 그곳에서 영체로서 명운을 다듬는 사명을 받들게 되었어요. 대를 이어서 말이지요."

그때가 200년 전이었다.

[순수 혈통이니 신녀로서의 자질은 더욱 배가됐겠군]

"베넬 님은 시넬라 님을 따라 때론 엮었고 이따금 엉킨 실을 풀기도 하셨습니다. 하지만 평생을 그리하셨음에도 여신께서는 도움을 주지 않으셨지요. 그제야 알았습니다. 신께서는 그저 쓸 뿐이지, 바람을 들어주는 존재가 아님을. 우리의 노력이 필요하다는 것을 말이죠. 그러던 중 기이하게 엉킨 실을 보게 되셨습니다."

억분의 일로 영혼의 파장이 같은 다른 세계의 존재가 있었다.

아무것도 모르고 다가갔던 그녀는 특별한 체험을 하게 되었다. 바로 다른 세계를 구경한 것이다.

[그 탓에 본의 아니게 기억을 읽었고 다른 세상의 문화를 이곳에 퍼뜨렸다는 이야기인가.]

라탁슈낙이 그렇다고 고하였다. 헐벗고 굶주린 채 근친혼과 강요된 싸움으로 정신까지 피폐해진 라홀 일족에게는 구명줄이 필요했다. 제국과는 다르면서 제국과도 버금가는 것으로 이계의 문화는 충격과 희망을 주기에 충분했다.

"더군다나 란티놀이 절대로 모를 신비로운 기억이면 가장 좋을 것이고요. 베넬 님은 이를 위해 평생을 기록하셨습니다. 융켈 님이 기회를 주셨고, 시넬라 님께서 묵인해 주신 덕분이지요."

그녀의 말에 기가 차다는 듯 에일락 반테스가 조소했다. 모든 영광을 신에게 돌리는, 참으로 아름다운 신도의 전형이었다.

"그 뒤를 이어 저희 무녀들은 다른 세계의 문화를 안착시킬 수 있었어요. 이를 습득하는 것만으로도 저희는 놀라운 발전을 이룩하였습니다."

짚어주기로 했다. 그녀 역시 신위를 갈망하는 만큼, 조금은 관대한 신이 되기를 바라는 마음이 든 이유였다. 이 역시도 이상현의 사고방식이 영향을 끼친 에일락 반테스답지 않은 배려이자 참견이었다.

[권능을 소유한 이는 세상에 간섭하지 않지. 너와 라홀이 모든 것에 관심이 없던 것에 지나지 않는다. 신은 오직 초월의 길을 걸으며 그 여파만으로도 세상이 들썩일 따름이지.]

"하지만 저들의 무공을 남기는 것은 허락지 않으셨습니다."

[보고도 적지 못한 것뿐이다. 자격 없는 자, 보고도 기억하지 못하는 섭리를 너희는 신의 은총으로 이해했나 보구나. 참으로 은혜롭고 자의적인 해석이로다.]

감은 그녀의 눈썹이 살짝 흔들렸다.

당시 엿본 문화를 기반으로 독자적인 노선을 걷게 된 라홀 일족은 시넬라의 신녀들을 통해 점진적으로 발전을 거듭해 나갔다.

이후 그녀들은 조언자로서 지내며 new century 라는 세계에 이상현의 세상조차 역사로 남은 과거의 문명을 제대로 일구었다. 이후 무를 숭상하는 체계를 굳혀 오늘날에 이르렀다. 란티놀 제국이라는 적(敵)이 있기에 가능했고 모든 기술을 교류하며 개량해 온 세월이었다.

그러다 갑자기 신이 사라졌다. 은밀히 열리는 문을 통해 여행자라는 이름의 존재들이 마구 내려오며 질서를 정신없이 흐트러뜨리기 시작했다.

얽히고설킨 실들이 어마어마하게 늘어났다. 이유는 모르고 알 필요조차 없었다. 그저 부단하게 이를 해결할 따름이었는데, 그러던 중 라탁슈낙은 여행자 가운데서 자신과 맞는 영혼의 파장을 발견하고 접촉하게 되었다.

유수진이라는 그녀는 강유나가 73호라 분류하는 여인이었다. 라탁슈낙은 그녀에게 마법과 주술을 전하였으며, 유수진은 여행자들이 이계의 존재들이며 게임이라는 이름으로 유희를 즐기는 것에 불과하다는 사실을 전달해 주었다.

"공동운명체가 된 거였어요."

더불어 Z&F라는 단체의 정점에 있는 신진권과 강유나가 이를 모두 총괄하는 존재라는 것까지 이해했다. 그렇게 차곡차곡 하나씩 쌓아가고 계단을 밟아 진행하였는데 천지가 개벽하는 사고가 또다시 일어나고야 말았다.

그 강력한 신진권과 강유나가 누군가에게 대번에 패한 것이었다. 혼란의 도중 이 모든 퍼즐을 맞추는 키워드가 하늘에서 내려왔는데, 이는 다름 아닌 탈출하며 new century의 세계에 흩뿌려진 신진권의 분신들이었다.

정보만 가득 담은 그를 적극적으로 흡수한 라탁슈낙은 비로소 배후에 있던 상황과 막강한 새로운 존재, 이상현을 알았다. 이전처럼 조율하고 견주는 정도가 아니라 그에게 납작 숙이고 한 울타리에 들어가야 한다는 사실이었다.

[내가 온다는 것 역시 그의 기억을 통해 안 거로군.]

"사도께서 73호라 하시는 유수진의 도움이 있었습니다. 현실세계의 동향을 보내오는 것만으로도 많은 도움이 되었지요. 여기에 저의 힘으로 사도님의 실을 추측하여 날짜를 가늠했습니다."

[놀랍구나. 나조차도 운명의 실에 얽매여 있다는 건가?]

라탁슈낙이 아니라며 말했다.

"사도께서는 실을 끊으신 지 오래입니다. 단, 주위 전부를 일그러뜨리시지요. 죽지 말아야 할 이가 죽어 예정된 삶에서 완전히 틀어집니다. 그 여파를 보면 사도님을 알 수 있습니다."

혹여라도 에일락 반테스의 감정이 상할까 우려하는 그녀였다. 주변을 통해 동선을 파악했다는 말을 적극 피력하는 라탁슈낙에게 마지막 질문을 던졌다.

[네 염원을 스스로 확정하거라. 귀속을 대가로 너는 그 신위를 얻을 수 있을 것이다.]

신위라는 놀라운 업적을 이루는 것이지만, 달리 보면 이는 자신의 한계를 스스로 공언하는 일이었다. 이른바 힘을 대가로 영원히 헌신하고 종속되겠노라는 맹세였다.

홀로 오롯이 우뚝 서고 지고한 존재가 되기를 원하는 이라면 결단코 하지 말아야 할 행동이지만, 스스로 격을 이룰 능력과 용기가 없다면 이는 현명한 선택이었다. 라탁슈낙은 당연히 후자의 마음으로 이상현과 에일락 반테스를 대하고 있었다.

그녀가 부채를 꺼냈다.

"시넬라 님의 신물입니다. 그분께서 저희 신녀들에게 주신 권한은 영혼의 실을 보고 매듭을 푸는 것과 바르게 잇는 것이지요. 하지만 그분의 신물이 있다면, 권능이 더해진다면 타인의 명운을 가져오는 것도 가능합니다."

말을 이어가는 그녀의 눈에 처음으로 적개심이 보였다.

"저는 제국민의 명운을 가져와 그동안 억압받은 우리 일족에게 엮고 싶습니다. 불운을 넘기고 행운을 가져와 우뚝 서서 그동안 누리지 못한 것을 누릴 수 있기를 바랍니다. 그리고 사도께서 이룩하실 위업에 함께하기를 원합니다."

뒤이어 절을 올렸다.

"한 세계의 절대자. 그분의 화신이신 에일락 반테스 님께서 거둬주시기를 소망합니다. 축복과 저주의 권능으로 일족을 세우고 봉양하겠습니다."

[라훌을 대표하는 이는 따로 있는 것으로 들었다.]

왕위도 없으면서 무슨 입바른 말이랴.

"무녀는 조언자이자 일족의 스승으로서 곁에 있었습니다. 그 희생과 존중의 대가로 각 무녀는 대를 이어 한 번, 왕위 투쟁을 열 수 있지요. 지금까지 사용한 적은 역대를 통틀어 없었지만, 율법상 그러합니다."

왕위 투쟁을 열어 에일락 반테스가 시간을 낭비하는 일이 없도록 돕겠노라는 의사표명이었다. 싸우고 증명할 것은 그의 몫이었으되 이를 시험으로 여기지 않는 것은 절대적인 에일락 반테스의 무력을 신봉하는 까닭이었다.

"여기에 대대로 쌓아온 법보, 육혼맹아진령(六魂猛峨鎭鈴)을 드립니다."

라탁슈낙은 그의 추궁에 다소곳이 방울 달린 검은 나뭇가지를 꺼냈다. 이를 흔들자 자연계의 정령들처럼 속성력을 가진 짐승의 영체들이 넘실거렸다.

기이한 것은 보통의 짐승이 아닌, 마치 청룡, 주작, 현무 따위의 신수처럼 기묘한 형태를 하고 있다는 사실이었다. 피와 뼈로서 문신을 새기는 것인데 존재하지도 않는 영물의 혼이 어떻게 이루어진 것일까.

"존재하는 맹수의 혼으로는 제국을 상대할 수 없었습

니다. 이에 더 강한 혼을 염원했고, 저희는 비밀의 시선으로 인도되었지요. 그렇게 염홍(炎紅), 황혼(黃昏), 흑성(黑星), 빙백(氷白), 토화(土和), 풍천(風天)의 영수들이 현신했고 기존 야수의 9왕가와 신 6령가의 혈신술이 시작되었습니다."

영체화된 문신술로서 내공처럼 피를 타고 돌며 변형과 강화를 일으키는 그들만의 독자적 기술이라 했다.

제국을 상대하기 위한 이들의 노력이 빚어낸 총화였다.

"육혼맹아진령은 역대 왕의 넋을 기리며 그들의 혼을 담은 기물입니다. 결실의 육혼은 물론 뼈대를 이루는 맹수의 혼이 모두 있지요. 본디 힘을 전승하여 제국을 이기고자 하는 염원에서 만들었으나, 감당하지를 못하여 보관 중이던 것입니다. 이를 존귀하신 그분의 간식으로 바칩니다."

영혼을 먹는 소울 이터의 특성을 알고 하는 언사였다. 자신이 아닌 이상현을 향한 공물이었다. 본체를 위한 것이니 에일락 반테스가 거부할 이유가 없었다.

라탁슈낙의 선물은 계속 이어졌다. 다음으로 연 것은 나무 상자였고, 그 안에는 검은 먹으로 놀라운 필체로 쓰인 서책들이 있었다.

"15령가의 비전서입니다. 뿌리가 되었던 문신술에서 발전된 혈신술에 이르는 모두가 총망라되었지요. 저들을 더욱 효과적으로 제압하실 수 있을 것입니다."

가주 비전의 최후 절기를 제외한 전반적인 기술을 모두 담고 있다고 하였다. 가볍게 읽어보니 과연 몸부림쳐 온 저들 일족과 가문의 역사가 고스란히 담겨 있었다. 더 많은 극의와 다양성을 확보해야 하는 그에게는 좋은 자료였다.

에일락 반테스는 셋레인의 모든 것을 바치겠다는 의지를 충분하게 받아들였다. 마음에 든다는 듯 비전서를 내려놓으니 그녀가 비로소 안도의 숨을 내쉬었다.

[내가 거절하리라 생각했나 보군.]

"조금은 걱정했습니다. 하나뿐인 진본인데 폐기하면 어쩌나 하고요. 일족의 강자들이 타인을 조사하거나 연구하는 행위를 탐탁지 않게 본 때문입니다."

[이해할 수가 없군. 너희 일족이 그런 것을 따질 상황이던가?]

경지에 오른 강자는 자부심과 자긍심이 강하다. 자신의 실력을 의심하는 거냐며 자존심을 내세울 수가 있었다. 그러나 제국에게 사육당하는 라흘 일족이 그런 것을 내세운다?

공통의 적을 상대로 그런 사치를 부린다는 것은 선뜻 이해되지 않는 일이다.

"혈신술은 자기애(自己愛)를 기반으로 합니다. 가장 강한 존재를 염원하고 그 존재와 하나 되는 것이며, 스스로 무적이라고 확신해야 힘이 최고조에 도달하지요. 그 탓에 염탐하는 것은 노력이 부족한 자가 됩니다."

에일락 반테스는 다른 두 가문의 비전서를 동시에 펼쳤다. 뿌리를 보면 성격이 보인다. 뻗어나가는 가지의 방향이 지향점을 알려주었다. 헛된 노력으로 집 잘 지키는 개가 되는 미래였다.

한심하기 그지없을 따름이지만, 기실 어설프게 강한 것들의 말로가 다 이러하다. 마음가짐이 어중간하기에 휘둘리기 십상인 것이다. 자기애를 기반으로 강한 존재와 하나가 된 이후, 적당히 타협하고 만족한 탓에 오만해졌다는 증거에 불과했다.

[8주문의 의식을 말해보아라.]

"내문 15령가의 중심에 염원을 닿아 쌓아올리는 제단이 있습니다. 술사들이 주력을 끌어모으는 그곳에 왕이 거(居)하고 있지요."

셋레인에서 왕과 신은 같은 뜻의 다른 언어였다.

"이를 떠받드는 열다섯 개의 기둥을 각 가문의 전대 강자들이 수호합니다. 8주문의 의식은 이들을 쓰러뜨리고 그 인장을 새기는 것이지요. 왕께 도전할 자격이 있음을 증명하는 의식입니다."

현재 필요한 것은 내문 중심의 이 체제를 허무는 것이었다. 인식에 충격을 가하기로 했다.

[왕위 투쟁을 열어라. 자격은 신분 고하를 막론한 셋레인의 모든 자다.]

"참가자의 자격은 통상적으로는 15령가의 대표들만이었습니다."

200년의 역사라면 축출된 이들이 있을 터. 더불어 동양적 세계관이 그대로 적용된 셋레인인 만큼, 신분과 혈통이 지나치게 우선시되었다. 경직된 체제이니만큼 주머니 속 송곳과도 같은 이들은 비제도권에 존재할 가능성이 매우 높았다.

[내가 의견을 묻는 것으로 보이느냐?]

권유가 아닌 명령이며 통보였다.

"하명하시면 따르겠습니다."

라탁슈낙이 몸가짐을 달리했다. 에일락 반테스는 그
녀에게 무가 외문을 돌고 방출된 라훌의 일족을 찾을
것을 지시했다.

[왕위 투쟁의 룰은 강자존이다. 최후까지 왕좌를 지
키고 있는 이가 왕이 되며 대전 기한은 나흘. 개인과
집단 모두의 참가를 용인한다.]

수단과 방법을 가리지 않는다. 기다리고 기다리다가
마지막 날 종료가 임박했을 때 왕좌를 차지하기만 해도
됐다.

"율법상에도 어긋나고 전례가 없었기에, 현왕을 비롯
한 15령가의 그 누구도 수용치 않을 겁니다."

지시대로 따르기는 하겠지만, 우방을 만든다는 본래
목적과는 다소 거리가 있지 않겠느냐는 직언에 에일락
반테스가 단칼에 자르듯 말했다.

[네가 뒤를 예비하는 딱 그만큼 불가능하겠지]

그녀는 입술을 깨물었다. 확실히 그의 말대로였다.
쌓아온 무녀로서의 명예와 역량을 모두 건다면, 미친
짓으로 보이는 이 의견을 충분히 타진할 수 있다.

단, 실패 여하를 떠나 그 자체만으로도 일족의 스승
이라는 지위는 잃게 된다. 운명의 실을 보고 다른 세계의 문화를 엿보아 이들을 이끌어왔다. 여기에 이치에 합당하지 않은 일. 이유 없는 맹목적인 믿음은 어디에도 없었다.

그는 전부를 얻거나 전무해지거나를 종용하고 있었다.

"신진권의 후회는 두 가지였습니다. 하나는 더 치밀하지 못했다는 것. 다른 하나는 더 믿지 못했다는 것이었지요."

일어나 크게 절했다.

"저는 믿겠습니다. 저 자신보다도 더 크게 믿겠습니다. 사도께서 명하신 대로 따르겠습니다."

심사숙고 끝에 라탁슈낙이 결단했다.

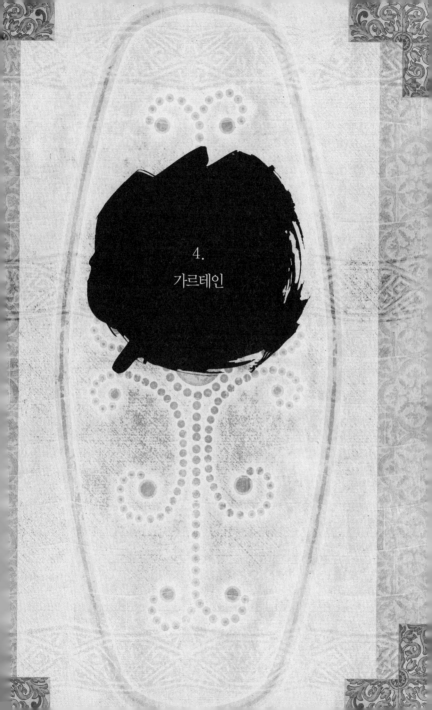

4.
가르테인

라탁슈낙을 내보낸 후 에일락 반테스는 비전서들을 탐독했다. 한 뼘 두께의 책을 하나씩 정독하며 고요의 정신 스킬을 수련하고, 그 속에 담긴 역사와 문화를 이해하였다.

이윽고 그의 심상에서 아홉 명의 라홀 일족이 모습을 드러내 자신들의 비전을 아낌없이 펼쳤다.

아홉 왕가는 익숙한 동물들을 섬기는 가문이었다. 제국이 퍼뜨린 양산형 문신술이자 용병들과 여행자들이 두루 익히는 늑대, 호랑이, 곰, 뱀, 매, 부엉이, 원숭이, 말, 들소의 무문(武門)이다.

예외가 있다면 매와 독수리, 사자와 호랑이, 용과 뱀이라는 란티놀 제국과 셋레인의 문신이 매우 유사하지만 세세하게는 다르다는 정도였다. 모두 제국에서 손을 본 부분들이었다.

'보급형이로군.'

대단찮은 이유였다. 문신술의 공통된 특징이 급격한 힘의 소모가 아닌가. 반면 뱀의 문신은 탁월한 유연성과 독에 대한 내성 및 식사량을 조절하고 보관하는 것에 특성이 있었다.

다른 문신에 뱀을 적용한다면 내구도를 증가시키거나 체력 유지가 쉬워지는 등 치명적인 약점이 사라질 우려가 있다. 그렇기에 질적 수준을 낮추어 보급형으로 퍼뜨린 것으로 보였다. 그러나 무조건 제약을 가하고 얕은 수작만 부리지는 않았다.

'개량형도 있었고.'

변형하고 새로 쌓을 정도로 제국은 문신술을 완벽하게 해체했다. 라홀 일족에게는 없는 용의 문신과 전갈 문신은 란티놀 제국에서 독자적으로 만들었다.

빛이라는 속성에는 신성력을 다소 가미하여 감각 확장과 번개 속성을 부여하는 식으로 대처했다.

전갈 역시 땅에서도 불과 모래의 특성을 강조하면서 특색을 강화하는 방식으로 개발했음이 보였다. 에일락 반테스에게는 제국과 셋레인의 모든 문신술이 있기에 비교하고 대조하며 더욱 손쉽게 이해할 수 있었다.

더불어 여기에는 없는 제국 황실의 문신술인 루찬프도 그는 알았다. 정확하게는 전장에서 경험했을 따름이지만 숱하게 겪었으니, 어떤 원리인지 추측해 내기란 크게 어려운 일이 아니었다.

심상으로 재현한 라홀들의 비전이 익숙해졌다.

아쉬운 점은 이해는 했으나 몸소 익힐 수 없다는 사실이었다. 북극의 백마력조차 튕겨 나가는 언데드의 몸에다가 중력의 비전과 무공으로 강화하며 육신이 지나치게 강건해진 자신이었다.

이상현의 일그러진 륜 급이라면 모를까, 한낱 영혼이나 영수를 입고 기대는 이런 식의 문신술은 익힐 수가 없었다. 몸에 새기는 것부터 불가능한 데다가 그의 정신력을 감히 감당할 짐승이란 존재하지 않았다.

이상현에게는 여러모로 도움이 될 터지만, 자신에게는 고작 이 정도에 불과했다. 대련용으로나 쓰기로 하였다. 심상 속, 라홀의 강자들 앞에 에일락 반테스가 자리했다.

황량한 요새로 대변되는 삭막한 그의 심상 세계에서 적들이 나타났다. 호왕가의 완성체라는 핏빛 호랑이와 살기(殺氣). 청랑가(靑狼家)의 푸른 늑대가 길게 뽑아내는 뇌성 울음. 섬응가(閃鷹)의 쾌속검과도 같은 최종 절기가 펼쳐졌다.

평가는 역시나 조금씩 부족하다는 것.

'극의에 발을 걸치기만 했을 뿐.'

혈왕의 이빨은 메그론의 살의만 못했고 푸른 늑대의 울음은 이상현이 쓰는, 늑대의 영혼 울음보다도 깊이가 얕았다. 적의 틈을 보고 눈부시게 제압하는 섬응가의 검은 완전무결한 에일락 반테스 앞에서 우물쭈물했고, 보여준 빈틈으로 쾌검을 내질렀다가 꺾였다.

남은 6령 역시 마찬가지다. 제아무리 신비롭고 인간 이상의 존재를 염원했다 한들, 극의로서 초월의 경지를 밟고 있는 그보다는 못했다.

심상 세계에서 9왕 6령의 강자들이 모두 무너졌다. 200년의 한(恨)이라고 느끼기엔 미적지근했다.

[말은 감옥이되, 거진 요양원이로구나.]

기술을 넘보지 않는다? 추구하는 영물의 형태에 확신

한다?

실로 같잖은 짓이다. 검만 휘두르고 죽을 때까지 놓치지 않는 것. 검을 내 몸처럼 여기며 평생의 동반자로 여기는 일 따위는 온실 속 화초나 품는 동심에 불과하다.

검이 부러지면 돌을 쥔다. 주먹이 으스러지면 이빨로 씹어야 한다. 악착같이 붙들고 군령에 맞춰 나를 지워야 하는 것이 전장이며, 생존을 향한 갈망에 자존심 따위는 알량했다. 오직 승리와 신념으로 무장하고 자비는 쓰레기통에 처박는다.

전쟁에서 개인은 없다. 반면에 승리하며 숭고해지려는 껍데기들이 바로 무가 내문의 15령가였다. 닷새간의 명상과 참오로 취할 것은 다 취했으니 쓰임이 다하였다. 그는 30권의 비전서를 얼음 가루로 만들어 날려버렸다.

'예상대로 안주한 녀석들보다는 발버둥치는 녀석에게 볼거리가 있겠다.'

다양한 시도는 무가 외문에서 있었을 터. 그들 중에서도 버려진 자들이 있다. 수단과 방법을 가리지 않는 강자는 그곳에 있었다. 할 일을 정하니 다음의 행보가 나왔다.

왕위 투쟁을 제대로 하기 위해선 란티놀 제국의 감시자들을 쓸어내야 한다. 그는 셋레인에 머문 제국의 그림자를 걷어내고자 움직였다.

현재 라탁슈낙이 쌓아온 모든 것을 걸고 안건을 발의 중이었다.

그런 무녀의 믿음이 라훌 일족도 아닌 외부인이라면. 더군다나 왕으로 내세우고자 하는 이가 제국인과 같은 모습을 하고 있다면, 조금도 도움이 되지 않았다.

당장은 정체를 숨기는 것이 효과적이다. 그는 라키를 불러 갈아입을 옷과 염색약 따위를 가져오라 했다.

라키가 갈아입을 옷과 약을 가득 들고 왔는데, 여기에서 작은 문제가 생겼다.

일체화된 갑옷이 벗겨지지 않았고, 염색약이나 화장품 종류도 피부에 전혀 효과를 보이지 않았다. 이상현은 형태도 이리저리 바꿔서 육체를 재구성했었는데, 자신은 갑옷과 검을 찬 지금의 이 늙은 모습에 딱 고정된 상태였다.

"옷이 마음에 들지 않으시오?"

[가면과 망토로 대신하지.]

"그런 건 무인조차 되지 못한 천한 것들이나 아녀자들이 입소이다. 특히 가면은 무조건 노예 취급이지. 셋 레인에 그런 걸 입고 다니면 좋지 못한 꼴을 볼 텐데도 입을 거요?"

[옷이 신분을 상징하기라도 하는가 보군.]

원래는 아니었는데 혈신술이 발전하며 그리되었다고 했다.

"추위에도 약하고 힘조차 없는 것들은 옷을 껴입거든. 약한 것들은 허드렛일을 하고 청소나 오물을 치우는 일만 하오. 외문 제자쯤 되면 대부분 벗고 다니고 말이지."

[남녀가 유별하지 않은가?]

"여자들은 여벌의 망토를 챙기거나 외부 수련 때만 따로 현신 상태를 쓴다오. 맨몸을 드러내도 크게 수치스럽거나 그러지 않소. 무인이거든. 아녀자일 때랑 무인일 때랑은 취급이 다른 게 우리 전통이오."

라키는 말하며 상의를 벗었다. 곧 몸을 호랑이로 바꿨다가 되돌리는데 옷을 입고 있었다면 금방 찢어졌을 것이 분명했다. 조절이 미숙하여 엉뚱한 곳이 변형하기도 한다고 했다.

잦은 수련을 요구하기에 옷은 거추장스러울 따름이니, 이를 감당할 신축성과 내구성의 옷이 마련되지 않을 바에는 차라리 벗는 편이 나았다. 그래서 속옷도 없다고 했다. 문신술과 혈신술이라는 체계가 만든 독특한 셋레인만의 문화였다.

"제국 놈들이 이걸 보고 열등하니 미개하니 떠드는데, 젠장. 입어봐야 찢어질 텐데 입어서 뭐 하오? 그냥 일상생활에서나 걸치면 되지. 뭐, 여자들은 가슴이 출렁거리……"

"에취!"

얼굴이 빨개진 어린 무녀가 눈짓하며 기침했다. 아무리 눈치가 없어도 그 뜻을 짐작 못할 리 없다. 라키가 미안하다며 목 언저리를 긁더니 바깥에서 지키겠노라 하곤 자리를 피하였다.

어린 무녀를 옆에 두고 하기엔 좀 지나친 설명이긴 했다.

앳된 무녀가 여전히 무표정한 에일락 반테스를 보고는 마음을 추슬렀다.

"소녀, 세넬락이 말씀 올리어요. 외문 제자까지는 활동성이 좋고 품이 넉넉한 옷을 입는 것이 대부분이오

나, 내문 제자와 직계일수록 배례복(拜禮服)을 착용하옵니다. 제작에서 술법으로 의식을 치른 것이온데, 신축성이 있으며 혈신술의 단계에 맞춰 변형이 이루어지죠."

사냥한 가죽에 술법을 가미한 뒤 재단하고 만든다. 혈신술의 위력을 증가시켜줌은 물론, 신체 변형에 따라 피부에 달라붙어 늘어나고 줄어드는 터라 맵시도 난다고 했다.

색깔과 넉넉한 부분이 소매인지 팔꿈치인지를 통해, 소속 가문 역시 확연히 드러난다. 개인 복이자 맞춤복이니 신분을 상징하기에 충분한 장비였다. 단, 들이는 정성과 기술 탓에 생산량이 적고 그만큼 비싸며 귀했다.

가문의 최강자, 왕위를 넘보는 자쯤 되면 영수가 살아 움직이는 듯 새겨진 금령포(錦靈袍)를 입는다. 부분 강화가 아닌 인간과 영수의 합일체로서의 상징인 셈이다.

"구원자께서 찾으시는 종류는 금령포의 위엄을 해친다 하여 금기되었사옵니다."

[망토 자체를 금할 필요는 없을 텐데?]

"권위 의식입니다. 하오니 정 몸을 가릴 방도가 그것 뿐이라면 천한 것들이 입는 털옷과 모자만이 유일한 대안으로 보옵니다."

라탁슈낙의 뒤를 이을 무녀 후보답게 영민한 소녀였다. 에일락 반테스는 영리한 소녀를 눈여겨보고는 고개를 끄덕였다.

[그리 준비해라.]

세넬락이 물러갔다.

그는 의복이 도착하기를 기다리며 자신의 몸 상태를 확인하였다. 갑옷에 손을 댔다. 얼마만큼 합쳐졌기에 그런 걸까, 자세히 곱 뜯어보니 피부를 넘어 살과 뼈를 관통하여 결합된 상태였다. 벗기면 살가죽이 벗겨지는 것을 넘어서, 내장까지 통째로 들어내야 할 만큼이었다.

머리칼을 일부 잘라서 변장을 해보려고도 했지만 금방 자라서 복구되어 버렸다. 그는 비로소 이해했다.

[륜이로군.]

검과 갑주. 그란디움 발베란과 에벤티움 화엔타인은 에일락 반테스의 상징과도 같다. 평생을 입으며 단 한 번도 꺾인 적이 없고 부서진 적 역시도 없다.

수십만의 피를 머금고 존경과 저주로 단련되었다.

막강한 환혼력이 상시 스며들었으며, 에일락 반테스에게 최적화된 보물 중의 보물이다. 살아서는 무패의 상징이고 죽어서는 불패의 화신이 되었다.

멸망한 그란시아를 가슴에 품은 이들은 몇 되지 않을 것이다. 하지만 에일락 반테스라는 존재는 저 란티놀 제국에서 전술 교과를 통해 구구히 전해졌다.

'나와 내 무장이 모두 륜 그 자체가 되었어.'

자신은 잊히지 않았다. 지금의 외모로 역사가 되었다. 본래라면 한낱 언데드로 화해서 신성력에 녹아내렸을 테지만, 일그러진 륜을 통해 극복하던 차였다.

여기에 북극을 일주하며 환골탈태를 이루고, 육체를 재구성하면서 new century의 평가대로 살아 있는 륜이 되었다.

제임스라는 몸으로 양쪽 세계의 장점만 끌어 하나를 이루던 이상현과 매우 흡사했다.

'간식이라……. 나중엔 나도 영혼을 먹게 되는지 모르겠구나.'

지금의 상념 역시 갈무리하여 전송한 뒤 육혼맹아진령을 챙겼다. 언제고 이상현에게 전할 날이 올 것이다.

북슬북슬한 털옷을 입고 모자를 쓴 그는 세넬락의 뒤를 따랐다.

앳된 무녀는 검은 한복에 금실, 홍실, 청실과 같은 색색으로 진언이 적힌 무녀의 전통 복장이었다. 소매의 흰 천으로 수습 무녀임을 표시한 소녀의 뒤를 에일락 반테스가 짐짓 종처럼 따랐다.

성문을 통과한 뒤 행인을 보고는 보폭을 좁히며 어깨를 움츠렸다. 천민과 평민, 무인의 차이를 보고 자신에게 맞는 모습을 취하였다.

고개를 치켜들 수 없는 천민이니 어쩌랴. 감각에 집중했다. 동조한 마력이 대기와 함께 떨리며 그의 온몸으로 일대의 전경을 비춰주었다.

초가집과 기와집, 낮은 흙벽과 높은 담장으로 구분된 셋레인의 내부는 이상현이 사진으로 본 과거의 한양과도 흡사했다. 외부는 민속촌과 같았으나, 안으로 들어갈수록 물결치듯 기와집이 이어졌다.

태극의 형태로 구성된 거주 지역에 5층의 거대한 저택이 불쑥불쑥 솟아 있었다. 15령가의 것이었다. 가장 중심에 그보다 높은 8층의 왕성이 자리했는데 형태가 독특했다. 경기장처럼 내부가 빈 채 원형의 벽이 두껍게 주거 공간과 장식을 이룬 탓이었다.

성이라기보다는 우뚝 박힌 열다섯 개의 기둥과 그 내부에 자리한 제단을 보호하는 방어벽의 성향이 짙었다. 세넬락이 살며시 내부가 아닌 외부의 한곳을 가리켰다.

"제국인은 검탑에 있사옵니다."

태극을 이루는 셋레인의 거주 지역 바깥에 10층 높이의 탑이 있었다. 네모난 돌덩이를 박아놓은 듯한 그곳은 아파트처럼 중간마다 문과 창이 있었는데, 세넬락이 가리킨 탑이 바로 저것이었다.

셋레인의 자유를 틀어막은 자. 라훌 일족을 통제하는 이 자리에는 과연 어떤 인물이 있는 걸까?

에일락 반테스의 마력이 쭉 뻗어나가 검탑을 아래부터 샅샅이 훑었다. 이윽고 층층별로 구성을 확인하고 검탑의 옥상에 도달할 즈음이었다.

무시무시할 정도로 예리한 검기에 에일락 반테스의 마력이 싹둑 잘렸다. 우뚝 걸음을 멈춘 에일락 반테스가 시선을 검탑에 두었다. 세넬락이 얼른 다가와서는 빠르게 속삭였다.

"여기서 멈추시면 아니되고 고개도 낮춰야 하옵니다.

구원자님, 얼른요!"

팔괘를 표현하듯 여덟 개의 대로가 내부의 성으로 이어진다. 에일락 반테스가 멈춰 선 곳은 곤(坤)의 길. 마차가 내달리는 그곳에 우뚝 선 천민에게 자연히 시선이 모였다.

그냥 서 있기만 하면 나름의 이유가 있나 싶었을 테지만, 타인의 시선을 신경 쓰지도 않은 채 어딘가를 보고 있는 것이 문제였다. 광대뼈부터 입까지 가리는 가면만 아니었다면 진즉 제국인으로 들통이 났을 터였다.

"어린 무녀께서 고생하시는군."

"천한 것들은 역시 말을 못 알아들어."

"춥다고 옷을 껴입으니 귀가 막혔는지도 모르지요."

"맞으면 귓구멍이 뚫리더이다."

무녀가 데리고 있는 종이라 그렇지, 아니었다면 벌써 치도곤을 당했으리라. 세넬락이 부단히 옷을 잡아끌고 손을 당겼지만, 에일락 반테스는 요지부동이었다. 슬슬 뭔가 이상하다는 것을 행인들도 알 무렵, 저만치에서 달려오는 마차가 나타났다.

"황혼가(黃昏家)의 마차이옵니다. 얼른 피하셔야 하옵니다."

셋레인의 귀족이랄 수 있는 무가의 등장에 어린 무녀가 거듭 종용했다.

[검탑에 있는 기사의 이름을 아는가?]

미동조차 않던 에일락 반테스가 천천히 검을 뽑으며 물었다. 정면으로 공격하려는 기세였다. 조심스럽게 정체를 감춘다고 할 때는 언제고, 이제서 무슨 이 날벼락이랴.

"귀인! 빨리 피하소서!"

[묻는 말에나 답하거라.]

나직이 되묻는 말끝에 차갑디차가운 기운이 어려 있었다. 서늘한 눈빛을 마주한 소녀가 자신도 모르게 고개를 숙이며 대답했다.

"그건 모르오니다. 다만 전 황실의 기사라는 전통만 있사옵니다."

[과연, 범상치 않다 싶더니만 이유가 있었군. 제국 황실의 기사라……]

에일락 반테스는 눈치 보는 무녀를 뒤로 인도하며 벼락처럼 검을 뻗었다. 수중의 검이 전면에 극점을 찍는 순간, 예리한 기파가 좌우로 갈렸다. 날아든 참격에 대한 방어였다.

애꿎게 지나던 이들의 몸통이 뼈째 잘렸다. 놀란 이들의 비명과 고통의 신음이 삽시간에 퍼졌다. 위풍당당하게 깔아뭉갤 듯이 달리던 황혼가의 말은 앞다리가 잘려 울며 쓰러졌고 절단 난 가옥이 그 위를 뭉개 버렸다.

"저 미친 노예 같으니라고!"

"아니, 검탑에서 날아왔다!"

"젠장, 이게 뭐지?"

삽시간에 일어난 사태였다. 하지만 10년을 주기로 전시 태세를 경험하는 셋레인이고, 왕국의 90%가 문신술을 익힌 전사였다. 저마다 힘을 발휘하는 한편, 대처하며 일부는 검탑으로, 다른 이들은 에일락 반테스를 포위했다.

"부상자를 치료해! 어전 무인들을 불러!"

털옷과 모자는 멀쩡했다. 그러나 길고 수려하게 뻗은 순백의 검은 셋레인에는 없는 물건이었다. 어린 무녀가 대동한 노예의 정체는 불을 보듯 뻔했다.

"너는 제국의 개구나! 조약을 무시한다 이거냐?"

쓰러진 마차의 문을 부수며 노을빛 배례복을 입은 중년의 무인이 나왔다. 그는 대번에 좌중을 훑은 뒤 에일락 반테스를 예의 주시했다.

"적과 내통한 거요? 제아무리 어린 무녀님이라 해도 이 일은 쉬이 넘어가지 않을 거외다."

불끈 힘을 주자 배례복이 출렁이며 변화했다. 거북의 등껍질처럼 갈라진 양팔 위로 중장 갑옷의 두꺼운 쇳빛이 번뜩였다. 중년 무인이 다리를 벌리고 자세를 낮추며 쌍수를 휘젓다가 내밀었다.

"금구팔기술(金毬八氣術) 사식(四式)."

황금 구체를 문 용의 입처럼 양손에서 번쩍이는 구슬이 응어리졌다. 한 층 한 층 위력을 더해가는 그 구체는 발을 크게 구르며 확 내지르는 기세와 함께 바람처럼 날아갔다.

"구혼아(邱繩牙)!"

땅거죽 들썩이며 흙더미가 치솟았다. 에일락 반테스의 시야를 가리며 감옥처럼 들어섰다. 그 뒤로 무인의 장력이 기습적으로 날아들었다. 에일락 반테스는 여전히 시선을 탑에 둔 채로 검을 휘둘렀다. 여전히 그의 검이 향하는 곳은 검탑이었다.

정면에 뻗은 순백의 검신이 시린 청광을 이루고 사위를 쩡쩡 얼리는 빙룡이 넘실거렸다. 이를 무형의 참격이 마주했다.

[가만있어라.]

대등하게 겨루던 두 힘이 폭발했다.

에일락 반테스가 왼손을 뻗어 허공을 움켜쥐었다. 이
윽고 아래로 내리자 사방으로 날아가 조금 전과 같은
참극을 일으킬 뻔했던 파편들이 소낙비처럼 아래로 쏟
아졌다.

단단하게 다져진 땅이 예리하게 잘려 깊은 자국을 만
들었다. 정교한 중력의 운용으로 행인들 사이사이로 무
형의 검기를 흩어버린 거였다. 그즈음 들썩인 땅거죽이
에일락 반테스의 몸을 완전히 옭아맸다.

흙의 감옥을 외부의 황혼빛 사슬이 꽁꽁 묶었다. 죄
인을 구속하는 금구팔기술이었다. 그러나 입을 떡 벌리
고 있는 중년 무인은 물론, 일대의 누구도 그게 통하리
라고는 믿지 않았다.

"엎드려!"

황혼가의 그가 말하기 무섭게 모두 납작 엎드렸다.
이어 벼락이 치듯 묵직한 파동이 중심에서부터 일직선
으로 뻗었다. 허물어진 감옥 너머로 모습을 드러낸 에
일락 반테스는 담담히 주먹을 내지른 모습이었다.

무섭게 날아가던 일점집중의 권은 검탑에서 쏘아진

스무 자루의 검이 마중했다. 물고기처럼 유영하는 검들이 권력에 대응하더니, 뭉쳐서 방패처럼 막고 일부는 톱니바퀴 회전하듯 난도질하였다.

이쯤 되니 저들이 무슨 짓을 하는지, 어떤 수준의 겨룸을 하는 중인지 모르는 이는 아무도 없게 되었다. 호기롭게 나섰던 황혼가의 중년 무인은 슬그머니 뒤로 물러섰다.

[검탑의 기사를 아는 자가 있느냐?]

예리한 에일락 반테스의 눈으로 휑하니 뚫린 탑의 내부가 보였다. 일점집중의 권격을 막아낸 이는 십여 개의 검집은 물론, 검을 가득 채운 상자를 등에 멘 검객이었다.

금발에 하얀 피부를 한 기사는 입가에 피를 흘리고 있다. 저자가 아니었다. 첫 공방에 이어 두 번째까지 무시무시한 참격을 날린 이는 다른 이였다.

'저자로군.'

뒤편에 잿빛 머리칼을 질끈 묶은 노인이 앉아 있었다. 덥수룩하게 자란 수염은 물론, 허름한 옷이 집도 절도 없는 야인의 모습이었는데, 그는 흥미로운 눈으로 에일락 반테스를 보고 있었다. 아득하게 먼 곳에서 똑똑히 서로 마주 봄을 느꼈다.

그즈음 등 뒤로 후끈한 열기가 느껴졌다.

"검탑의 기사를 물었느냐? 그자의 이름은 가르테인이라 한다."

불을 품은 새처럼 이글거리는 불길을 타고 온 여인이었다.

"아무리 우리가 갇혀 있다고는 하나, 조약을 대놓고 무시할 줄은 몰랐군."

"아니지. 제국 늙은이를 상대하는 거 보면 저쪽도 반대파에서 보냈나?"

"혹 그렇다 한들 일족에게 피해를 줬으니 살려둘 수 없다."

한 줄기 바람처럼, 누군가는 바위처럼 묵직하게, 다른 이는 땅에서 흙이 융기하며 굳어지는 형태로 배례복을 입은 무인들이 나타났다.

각각 반인반수의 모습인 그들은 셋레인의 어전 무인이며 공인된 강자들이었다.

가르테인은 석년에 한창 잘나가던 메그론을 패배시킨 란티놀 제국 황제의 검이다.

명실공히 한 제국의 초인이다. 이는 셋레인의 비중을

제국이 어느 정도로 두는지 알 수 있는 부분이기도 했다.

[은퇴한 황제의 검이라. 강적을 뜻밖의 장소에서 지울 수 있겠군.]

이 호기를 놓칠 이유가 없다. 에일락 반테스가 검탑을 향해 발을 내디뎠다.

그의 앞을 삼십여 명의 셋레인 무인이 막았다.

"이만한 일을 벌이고도 우리를 무시하다니, 배짱 한 번 두둑하군."

"일대일의 대결에서는 우리가 밀리지. 하지만 제아무리 제국 놈들이라고 해도 우리의 삼태극진(三太極陳)은 감당할 수 없을 거다."

"세넬락, 수습 무녀라 해도 오늘의 사태는 쉬이 넘어가지 않을 겁니다."

"진형을 펼쳐라!"

말을 마치고 좌우로 흩어지며 방위를 점령하려는 저들이었다.

[말이 많아.]

에일락 반테스는 왼손을 내밀어 가볍게 눌렀다. 그 동작에 저들의 머리와 어깨가 삽시간에 내려갔고, 일부는 엎드리기까지 했다. 가중된 중력의 영향이었다.

"이까짓 것쯤!"

기습이라 당했을 뿐이라는 듯 각자 혈신술을 써서 벌떡 일어섰다. 그러자 손을 더욱 누르며 중력을 가중시켰던 에일락 반테스가 돌연 손을 반전시켰다. 열 배의 중력을 거두었고 아예 아래에서 위로 올려친 거였다.

"천근추(千斤錘)!"

"거압(巨壓)!"

붕 떠올랐던 그들이 허공에서 중심을 딱 잡고 각자의 기술을 사용했다. 치솟던 몸이 점차 더뎌지는 것을 본 에일락 반테스가 손을 들어 올리는 동작을 취하며 중력을 다시 가중시켰다.

예의 더 치솟을 것에 대비하던 그들의 몸이 중력과 자신들의 기술이 더해져 그대로 내리박혔다.

[자네들과는 왕위 투쟁에서 겨루기로 함세.]

뼈가 튀어나왔다. 혼절하는 이가 속출했다. 이겨내려던 이들조차 치솟았다가 육중해지는 중력의 조화에 속절없이 무너졌다. 신체 각각을 다르게 당기는 무형의 힘에 짓눌린 것이다.

손을 까딱이는 작은 동작에 셋레인의 자랑인 어전 무인들이 그대로 농락당했다. 당연한 결과였다. 본디 수준의 차이가 현격했기도 하거니와 결투에 특화된 이들에게는 중대한 결점이 있었다.

강자를 마주하고 초식의 이름을 읊었다. 이는 비장의 수단은 마지막에 보이고 변신은 최종 장에서야 보이는 허영만 잔뜩 낀 어리석은 행동의 상징과도 같았다.

[이런 미적지근한 투쟁이 그대들의 삶이라면, 참으로 보잘것없군.]

"우릴 얕보지 마라!"

나뒹굴며 신음하는 이들을 지나가려는데 처음 불을 타고 나타났던 여인이 에일락 반테스의 발목을 움켜쥐었다. 반인반수를 넘어서 몸 전체가 불덩이가 된 여인이었다. 불의 정령이 인간으로 변했다면 이런 모습일 것 같았다.

[염홍가의 제자로구나.]

홍옥빛 육체로 부서진 뼈를 재구성하는 그녀였다. 에일락 반테스가 손을 내밀자 본능적으로 충만한 환혼력을 느낀 여인의 불꽃이 주눅이 들며 물러섰다. 인간의 발이 새의 발톱으로 바뀌고, 공작새처럼 긴 꼬리는 황금색 배례복과 함께 그녀의 몸을 보호했다.

지난 며칠간 읽은 비전서를 되짚은 그는 여 무인을

격려했다.

[맹신하지 말고 진아(眞我)를 깨우치면 두려움을 수용할 수 있을 것이다. 외면치 말고 직시하여 홍련의 날개를 피우기를 기대하마.]

환혼력으로 불꽃을 누른 뒤 그녀의 어깨를 두드렸다. 뒤이어 풍류보를 밟은 에일락 반테스는 뽑았던 검을 거둔 뒤 그대로 쭉쭉 검탑을 향해 나아갔다. 멀찍이서 광검을 쏟아내지도, 충격파로 공격하지도 않았다.

휘적휘적 유유한 행보를 보인 것. 그러다 셋레인을 벗어남과 동시에 질풍으로 전환하여 내달렸다. 풍류보의 가속형인 질풍으로 희끗희끗해진 신형이 백 보 앞에서 질충으로 바뀌었다.

이윽고 달리는 기세 그대로 검탑에 부딪쳤다.

가공할 힘이 타점에 파고들려는 찰나, 유수행으로부터 뽑아낸 격류(激流)가 힘의 방향을 역전시켰다. 북극수련을 통해 이끌어낸 돌격 타격형 보법의 최고봉인 거산격(巨山擊)이었다.

"무식한 힘이로다!"

충격음 대신 쩌르르 떨리며 파동이 넘실거렸다. 우뚝 솟은 검탑에 쩍쩍 균열이 갔다.

"에일락 반테스, 전해지는 것 이상으로 그대는 과격한 인물이었군. 대결을 청할 줄 알았더니만."

"스승님, 어찌할지요?"

"탈출해야지, 하는 수 있겠느냐. 나는 유서 깊은 탑이 무너졌으니, 저놈의 머리를 들고 가야겠다."

검함을 짊어진 젊은 기사가 뛰쳐나갔다. 에일락 반테스는 탑 하층부에 어깨를 부딪친 자세로, 가르테인 역시 의자에서 일어난 채로 서로 응시했다. 묵음의 진동이 석탑을 출렁이게 하는 찰나, 확장된 둘의 경계가 어우러졌다.

마력의 간섭도 아닌 심상 세계의 동화(同化). 이는 광검지도를 통해 새로운 경지를 연 에일락 반테스가 자랑하는 어검술을 펼치기 직전의 상태였다.

– 어떻게 나와 같은 경지를?

제아무리 검의 길을 걷는다 해도 중검, 쾌검, 환검, 변검과 같이 작은 습관과 추구하는 바에 따라 극의는 달라지게 마련이다. 한데, 이토록 닮았고 같은 열매를 맺기까지 하다니. 필시 뿌리가 같지 않고서는 도저히 나타날 수 없는 결과였다.

하나, 이는 모두 부차적인 의문일 따름이다. 놀라움

으로 멈칫했던 둘은 동시에 깨달았다.

어검술의 싸움은 일격필살. 선공하는 자가 곧 승자였다.

-가라.

확장된 의식의 검계로 청명한 검음이 울렸다. 찰나를 쪼갠 정적의 세계에서 두 자루의 검이 떠올랐다. 두 개의 의식이 교차하며 가르테인과 에일락 반테스의 시야가 겹쳤다.

곧 영롱한 두 자루의 검이 서로의 의식을 관통했다.

붕괴되던 탑의 양극단이 진공 상태가 되었다. 일순간 휑하던 탑의 1층과 최상층으로부터 두 개의 충격파가 이어졌다. 두 개의 점에서 수직으로, 나아가 팔방으로 퍼져 나간 거대한 힘이 검탑을 통째로 으스러뜨렸다.

세워진 이래 셋레인을 속박하던 제국의 상징이 증발하는 순간이었다.

자욱한 먼지가 가실 무렵, 잔해가 들썩였다. 건틀릿이 나오고 수 톤 무게의 돌들이 들썩이더니만 에일락 반테스의 상체가 드러났다. 뽀얗게 앉은 먼지를 털어낸 그가 손을 뻗었다. 저편에 묘비처럼 박혀 있던 그란디움 발베란이 새처럼 날아 손에 들어왔다.

검이 서로 관통하면서 의식을 잃었다. 1층에 있던 자신이 거대한 잔해에 그대로 깔려 버렸으니, 최상층에 있던 가르테인은 분명히 어딘가에 추락했을 터. 중상을 입었을 게 분명한 놈의 숨통을 끊어야 했다.

그런데, 보이지 않았다.

'운이 좋은 녀석이군.'

검탑의 잔해를 자세히 살피던 그가 검을 완전히 거두었다. 필시 그의 제자가 그를 데려갔을 것이다. 검탑에 더 있었을지 모르는 다른 기사가 챙겼을 수 있다.

어떻게 해야 할까. 지금이라도 추살(追殺)할까? 북극 설원을 무대로 무한정 달리는 추격신을 해보는 것도 나쁘진 않겠다. 하나, 마냥 쫓기엔 북극은 넓었고 저들에겐 공간 이동이라는 효과적인 도주 방법이 있었다.

소위 말하는 닭 쫓던 개 지붕 쳐다보는 일이 생길 가능성이 80% 이상이다. 게다가 가르테인과 주고받았던 검의 경지가 심상찮았다. 생전에 터득하지 못했고 이상현의 극의 덕분에 도달한 어검술을 사용할 줄이야.

짐작은 됐다. 필시 자신의 사후, 제국 검술의 끝을

본 가르테인이 그란시아의 검술과 엘마디온 왕국의 비검술을 수습하며 이룩한 경지일 것이다. 단언컨대 어검술은 발테리아스의 무거움과 블레이드 토네이도의 변화가 없이는 도달할 수 없다.

[과연 제국이로고.]

제국은 오만해도 되건만 발전에 노력을 아끼지 않고 있었다. 아마 자신이 제자를 둬서 환혼력마저 전수했다면, 이를 익힌 제국 기사를 마주했을 것이다. 아무래도 란티놀 제국의 군사력을 상향해야겠다.

그즈음 먼발치에서 웅성웅성대던 인파가 우두커니 서 있는 그에게 다가왔다. 소수였을 때는 저들끼리 떠들더니 수백 명이 되자 짐짓 용기가 솟는 모양이다.

"지금 네가 무슨 짓을 했는지 아느냐!"

"검탑은 화친의 상징이었어. 그게 무너졌으니 이젠 전쟁밖에 남지 않았단 말이야!"

"제국인이 탑을 없애다니. 젠장, 너희 싸움은 너희끼리 해! 왜 우릴 끌어들이는 거냐!"

성격 괄괄한 이부터 낯빛이 창백하게 질린 이에다 무릎을 털썩 꿇고 원망 어린 눈으로 보는 이까지 있었다.

[나는 에일락 반테스. 50년 전 란티놀 제국에게 멸

망당한 그란시아의 장군이다. 그대들의 힘을 얻고자 찾아왔지.]

우선 지껄이는 이들을 쇼크웨이브로 치우며 그가 말했다.

[나의 신분은 라탁슈낙이 증명할 것이다.]

"무녀님이?"

"라탁슈낙 님이 당신을 불렀단 말입니까? 갑작스레 왕위 투쟁 이야기가 도는 것도 당신 때문이고요?"

눈치 보고 경계하는 이들 사이에서 화조(火鳥)로 현신한 염홍가의 여 무인이 다가왔다. 할 수 있는 만전의 상태인 그녀에게 에일락 반테스가 고개를 끄덕였다.

[그녀는 정체되어 몰락해 가는 셋레인을 위해 내게 동맹을 제안했지. 본래, 적법한 절차인 왕위 투쟁을 통하여 모습을 드러낼 생각이었지만, 검탑을 무너뜨린 데에 불만이 있는 자가 있다면 얼마든지 도전하도록. 단, 왕위 투쟁 기간을 제외한 기간의 모든 도전자는 목숨을 걸어야 할 것이다]

말하던 그가 발을 굴렀다. 땅거죽이 물결치더니 핏물과 뼈가 치솟았다. 땅속으로 접근하던 무인이 압살된 것이다. 그 모습에 움찔 놀라는 한편, 분기탱천하는 이들도 있었다.

"몰락한다니, 네가 뭔데 우릴 평가하는 거냐!"

"지금까지 싸워왔고 자리를 지켜왔소. 지금 문제를
일으킨 건 당신이지."

"네놈 역시 그것들이랑 똑같아. 이용하려고 와놓고
뭐? 셋레인을 위해서? 하여간 바깥 놈들은 전부 가증
스럽군!"

다짜고짜 손해를 끼치고 무인들을 죽인 이는 에일락
반테스였다. 비록 그것이 가르테인과의 싸움 때문이고
먼저 공격해 온 무인들에 대해 방어한 것일지라도, 피
해는 셋레인이 입은 상황이다. 그는 이 사실을 모두 인
정했다.

[왕은 생살여탈권을 쥔다고 알고 있다. 그러나 단언
컨대 율법에 따라 너희 모두를 전쟁으로 모는 일은 없
을 것이다. 내가 주는 것은 오직 기회일 뿐이니, 싸우
고자 하는 자, 복종의 세월에 설욕하고자 하는 자, 그
들만이 나의 군대와 함께 제국을 친다.]

"우리가 전부 거절한다면?"

[겁먹은 양 떼는 필요 없다. 그대들의 한이 고작 그
정도라면 나 역시 더 시간을 허비할 이유가 없지. 대신

지금 끼친 피해에 대해서는 나름의 보상을 하마.]

기실 가르테인의 경지가 자신과 비등한 줄만 알았다면, 오늘처럼 쉽사리 마력감지를 통해 셋레인 전역의 강자를 훑을 생각은 하지 않았을 터였다.

작은 어긋남은 제국 기사의 수준이 높았다는 것이었고 예상 범주에 있던 사실은 에일락 반테스 본인이 가르테인을 쫓아낼 수 있었다는 부분이다.

물론, 언데드가 아닌 살아 있는 인간이었다면 중상을 입고 검탑 더미에 깔려 사망했을 테지만 말이다. 에일락 반테스는 좌중을 훑으며 약속했다.

[왕위 투쟁에 참여하는 자, 그 모두에게 화신지경에 이르는 길과 3상의 투영술을 전수하마. 더 높아지고자 하는 이, 패기가 있는 도전자들을 기다리겠다.]

그의 말에 대다수가 코웃음 치고 비웃었다. 한편, 염홍가의 여인은 혀를 잘근잘근 물었다. 터무니없는 소리이기는 하지만 조금 전에 마주했던 그의 기도와 검탑을 무너뜨리고 가르테인을 몰아낸 실력까지, 허투루 보기엔 증명한 무력이 실로 높았던 탓이다.

일반 무인이나 대중과는 달리 어전 무인은 가르테인이 얼마만큼의 강자인지 잘 알고 있었다. 셋레인의 자랑인 왕조차 그에게 패배하지 않았던가. 치열하게 싸운 양 포장되기는 했으나, 이는 제국의 통치와 셋레인 장악을 위한 연극이었을 뿐이다.

그렇게 붉은 혓바닥을 깨물며 그녀가 갈등할 즈음, 무너진 가옥이 삽시간에 재건됐다.

"3상의 투영술? 화신지경? 제법 재밌는 소리를 하는군, 그대!"

아수라장이 된 검탑의 잔해가 살아 움직이듯 떠밀리며 날개 달린 바위가 뱀의 형태를 이뤘다. 목소리는 집 한 채쯤은 한입에 씹어 삼킬 것처럼 거대한 뱀의 위에서 들려왔다.

뱀이 머리를 낮추자 그 위에 앉아 있던 덥수룩한 중년의 사내가 에일락 반테스를 내려다보았다. 나무 줄기를 질겅질겅 씹는 사내는 짙은 구레나룻과 눈썹에 강인한 하관이 특히 인상적이었다. 넉넉한 금령포로도 감출 수 없는 바위 같은 근육을 자랑하는 그가 우렁우렁한 목소리로 말했다.

"화신의 경지는 혈신과 합일하여 독존(獨尊)함을 뜻하지. 그 몸에 다른 신을 받아들인다? 이봐, 늙은이. 뭣도 모르면서 하는 망발은 그쯤에서 접어라."

훈계하는 그의 모습에 대중은 물론, 어전 무인들까지 고개 숙였다.

"홍련일대의 대주, 슈가 토화(土和)의 주인이신 랍탁을 뵈옵니다."

무릎 꿇어 예를 표하는 그녀를 토화가의 가주, 랍탁이 무시했다. 으레 그리해 왔고 당연하다는 듯한 행동이었다. 랍탁의 관심사는 오직 에일락 반테스에게 있었다.

"탑의 검귀를 쫓아낸 것은 치하해 주지. 하나, 본가의 토화를, 나아가 일족의 혈신술을 우습게보는 건 경우가 다르다고 생각하는데?"

뱀의 머리가 에일락 반테스를 집어삼킬 듯이 가까워졌다. 정확하게 그를 내려다보는 높이를 고수하는 랍탁에게 에일락 반테스가 다가가며 물었다.

[이해할 수가 없군]

"무얼 말이지?"

[나는 그대의 적인가, 벗인가?]

담담한 물음에 랍탁이 피식 웃었다.

"굳이 정의하자면 잠재적인 적이 되겠지."

크게 고개를 끄덕인 에일락 반테스가 몇 번이고 되뇌

었다.

[알겠네. 아까 3상 투영술을 물었지? 비전을 원하고 궁금해 한다면 해결법은 간단하네. 내게 복종하면 되니까. 가주라고 했으니 특별히 특혜를 하나쯤은 주도록 하지. 엎드려 세 번 절하는 정도로 무례를 용서하고 비전을 전수하겠네. 어떤가?]

그의 말에 랍탁의 미소가 싹 가셨다. 사각의 턱이 씹던 줄기를 끊었다. 뒤이어 팔짱을 풀고 높이 손을 들었다.

"권주를 마다하고 굳이 벌주를 마시려 드는구나. 오냐, 원이 그렇다면 들어줘야지."

바위 뱀의 몸이 부서지더니 소용돌이치며 가공할 회전력으로 돌풍을 일으켰다. 바위 폭풍을 등에 인 그가 주먹을 거머쥐자, 바람이 그의 팔 모양으로 바뀌었다. 손을 내려치면 저 바위들이 살아 움직이듯 너를 박살낼 것이라는 경고이자 압박이었다.

"멍청한 놈 같으니! 검귀 놈도 내 힘에는 두려워 피했느니라. 고작 그깟 놈 하나 쓰러뜨렸다고 기고만장해 하다니. 내 너에게 하늘 위에 하늘이 있음을 몸소 알려주마. 나, 땅의 주인이며 대지의 뜻을 이행하는 랍탁이

명하노니 토화의 령이여! 진노의······ 컥!"

준엄하게 외치던 그의 눈이 휘둥그렇게 떠졌다. 금령
포가 부서지며 가슴뼈가 함몰된 랍탁이 튕겨 나간 탓.

찰나에 랍탁이 사라지고 그가 있던 자리에 어깨를 기
울이고 있는 에일락 반테스가 허공에서 돋아나듯이 나
타났다.

[아래부터 위까지 자네들은 준비가 참으로 길군.]

거산격에 그대로 맞은 랍탁의 몸은 물수제비같이 텅
텅 튕기다가 두 다리를 땅에 박으며 바닥에 깊은 고랑
을 만들었다. 도중에 정신을 차리고 균형을 잡으려 한
것이다. 그러다가 벽에 부딪혀서야 비로소 멈추었다.

"이··· 무도한 놈 같으니······!"

하체가 묻힌 채 상체가 꺾인 그는 부들부들 떨다가
머리를 세차게 흔들었다. 어마어마한 위용을 자랑하던
바위의 소용돌이가 잠잠해지며 우수수 쏟아졌다. 한바
탕 먼지를 일으키는 바위를 뒤로한 채 에일락 반테스가
말했다.

[그런 기술은 상대를 무력화시킨 후 사용하는 걸세.
게다가 외모로 평가해서 미안하네만, 랍탁이라고 했지?
자네, 참으로 말이 많군. 토화의 주인이 그토록 가벼워

서야 쓰겠는가.]

"이 비열한 놈! 시전 전의 상대를 공격하다니!"

[이쯤 되면 놀랍군. 그런 흐리멍덩한 정신으로 어찌 지금까지 버텨온 건가.]

이유를 알면서도 모두에게 되묻는 에일락 반테스였다. 이게 다 혈신술이라는 비술과 금령포라는 장비를 독점하여 공유하지 않은 덕분이었다.

제국이 양산형 문신술을 전했듯이 셋레인의 무인들도 가주와 직속, 외문 제자들이 익히는 문신술에는 분명한 격차가 존재했다.

이렇게 나태하고 겉멋만 든 요식 행위가 존재할 수 있는 까닭이 여기에 있었다. 초식의 이름을 말하고 상대를 기다려 줘도 충분히 이길 수 있으며, 이를 흠모하는 이들과 그렇지 않은 이들이 나뉘었다.

실전적인 발상은 혈신술의 수준 차에 무너질 따름이니, 기존의 질서가 새로운 흐름을 완전히 잠식하는 상태였다. 이 틀을 깨부수는 데 랍탁은 매우 적합한 표본이었다.

"죽여주마!"

피를 왈칵 토한 랍탁의 몸이 금황빛으로 물들었다.

용암을 토하고 땅을 지배한다는 토화(土和)와 흡답게 땅거죽이 쩍 아가리를 벌리고 날카로운 이빨을 보였다. 혓바닥 대신 이글거리는 용암을 분출하려 했다. 그리고 이를 발테리아스가 찍어버렸다.

말랑한 푸딩을 숟가락으로 누른 모양새와 흡사했다. 형체를 이루던 토화가 움푹 가운데가 파여서는, 불룩거리며 좌우로 찌그러진 것이다. 이런 상황은 생각지도 못했던 듯 어쩌할 바를 모르는 랍탁이 그대로 짓뭉개지기 직전, 불쑥 집채만 한 크기의 곰이 앞발을 휘둘렀다.

'슬슬 가주 급이 등장하는군.'

완력의 로우카라고도 불리는 웅왕가(熊王家)의 혈신술이었다. 이를 왼팔을 들어 막으며 대지의 뿌리를 사용했다. 분산된 충격량에 가뜩이나 갈라진 땅이 아예 모래사장처럼 잘게 부서지며 움푹 내려갔다.

대수인으로 투영된 곰을 후려치자 로우카가 그대로 나동그라졌다. 뒤이어 아까 멈추었던 발테리아스로 랍탁을 끝내려 하자 맑은 새의 울음이 퍼졌다.

[풍천인가.]

신령하기까지 한 진녹색 새가 랍탁을 채갔다. 에일락 반테스는 중력으로 이를 방해했지만 조금의 영향도 받지 않는다는 듯 질풍에 비견되는 빠르기로 빠져나가 버렸다.

"이방인아, 거기까지다."

묵빛의 거대한 소가 발테리아스의 검신을 들이받았다. 얼음 검신에 균열이 가더니 이내 부서졌다. 그 사이로 번쩍이는 뇌전에 휩싸인 늑대와 타오르는 불꽃의 새가 에일락 반테스의 주위를 맴돌았다. 청랑, 염홍, 풍천, 묵우였다.

15령가 중 네 개의 령가주가. 추가로 나타나서는 침입자를 막고자 나선 거였다.

[왕위 투쟁을 지금 이 자리에서 열겠다는 건가?]

"헛소리 지껄이지 마라. 왕위를 원하는 놈이 셋레인의 백성을 학살해? 제아무리 무녀님의 부탁이라 하여도 너 같은 놈은 자격이 없다."

"죄인은 당장 오라를 받아라! 저항한다면 당장 쳐 죽이겠노라."

핏빛 호랑이가 짙은 구름을 이뤘다. 쭉 찢어진 눈. 마수나 악귀처럼 털은 가시처럼 날카로우며 입으로는 칼날보다 예리하고, 촘촘한 이빨들이 수도 없이 자리했다.

[내 손에 죽은 자는 없네만, 이 상황에서는 믿을 이가 없긴 하겠군.]

영롱한 울음을 토한 그의 검이 햇빛에 반사된 빛처럼 분열하기 시작했다. 환혼력으로 응축된 광검이 수십, 수백 자루가 되어 종국에는 소용돌이치기 시작했다.

새로이 이룩한 검의 경지. 업그레이드된 블레이드 토네이도였다.

살기는 물론, 사위를 얼리는 가공할 환혼력과 예기의 폭풍에 속속 도착하는 15령가의 가주들과 셋레인의 정예들이 기운을 일으켰다. 저마다의 혈신술이 발휘되는 가운데, 우뚝 선 에일락 반테스가 있었다.

그쯤 라탁슈낙이 그에게 전언을 보냈다.

–왕의 부탁이에요. 잠시만 거두어주세요.

뇌리로 전해지는 메시지에 에일락 반테스가 힘을 절반 이상 회수했다. 그리고 대치하고 있는 그들의 사이로 불기둥이 일어났다.

"염화천폭(炎火天暴)!"

발테리아스를 연상케 하는 거대한 기둥으로부터 피어난 화염은 블레이드 토네이도의 검광들을 집어삼키고 몰아치는 한기를 중화시켰다. 나아가 이글거리는 태양을 토해 에일락 반테스를 날려 버렸다.

쫘르륵 밀려 나가던 그가 검을 바닥에 찍었다. 굽혀진 한쪽 무릎과 갑옷으로부터 아지랑이 같은 열기가 치솟았다.

틈을 본 무인들이 달려들려는 찰나, 화염의 벽이 솟구쳤다. 이로부터 적색의 배례복을 입은 어전 무인들이 동시에 외쳤다.

"물러나라! 왕의 행차시다!"

"누가 감히 권위에 도전하느냐!"

적대하던 이들이 위쪽에서 불을 등진 이의 등장에 일제히 고개 숙였다. 태양을 삼키고 용을 발톱으로 움켜쥔 삼족(三足)의 염홍. 투명한 옥빛 광채를 번뜩이는 왕관을 쓴 그는 태양왕이라 불리는 염홍가의 가주, 샨이었다.

"셋레인의 주인을 영접하나이다."

올해 일흔아홉 살의 샨은 그 나이와 상반될 만큼 수염도, 주름도 없었다. 일체의 표정조차 없는 냉막함 자체였는데, 대신 감정 표현은 유달리 긴 눈썹이 대신하였다. 불의 뱀처럼 치켜 올라갔다가 물결치며 내려가는 것으로 인상이 확확 변하는 묘한 인물이었다.

좌중을 훑은 그가 에일락 반테스를 보며 말했다.

"란티놀의 대적자이자 그란시아 구국의 영웅, 에일락 반테스여. 조금 더 기다리지 그러셨소이까. 대무녀, 라탁슈낙이 왕위 투쟁을 제안한 지 이제 닷새째요. 그사이 벌린 일치곤 실로 크군."

왕위 투쟁에 대한 제안은 아직 찬성과 반대로 나뉜 상태였다. 율법상 열 수 있다고는 하지만, 외지인을 위해 이를 감내할 이유가 없었던 탓이었다.

에일락 반테스 역시 모를 리 없었지만, 지금의 이 상황은 사고이며 계획 바깥의 우발적 사태였다.

[사과하리다. 가르테인의 저항이 생각보다 커서 괜한 피해를 주었군.]

인정할 부분이었다.

"그 사과, 셋레인을 대표하여 받으리다. 단, 피해에 대한 보상과 복구는 필히 있어야 할 거요."

당연한 이야기였다.

에일락 반테스가 지금껏 요새를 점령하며 취득했던 보물 일부를 건넸다. 본래 우호 조약을 위한 선물로 챙겨 온 것이었다. 더 많은 보물은 언데드들과 함께 매몰시켰으니, 얼마든지 꺼내오면 될 일이다.

"가르테인은 죽었소?"

[놓쳤소이다.]

"아까운 일이로고."

샨의 눈썹이 부드럽게 일렁였다.

"그대가 바라는 것은 무엇이오?"

[제국으로의 복수외다. 멸망한 나의 조국만큼 셋레인 역시 핍박과 영욕의 세월을 보냈다고 알고 있소. 공통의 적이 있으니 힘을 합쳤으면 하오. 단, 나는 일방적이고 무자비한 희생을 강요할 마음은 없소이다. 오직 싸우고자 하는 자, 복수하고자 하는 이만 나의 군대와 함께 제국을 짓밟을 것이오.]

"만약 모든 라훌인들이 거절한다면?"

[그것으로 끝이지. 난 한 맺히지 않는 약자는 쓰지 않거든.]

"오호라. 예까지 찾아온 걸 보면 꽤 열세인 듯한데, 다른 복안이 있소?"

에일락 반테스가 탑을 가리키고 모여든 대중을 쭉 훑으며 말했다.

[제국의 실험체들이 당신들뿐이겠소? 제국에게 멸망한 왕국이 그란시아 하나뿐이겠소이까. 나는 모든 패자

와 잔존세력을 일으킬 거요. 나아가 인간에게 적대적인 이들까지도 모두! 풍요로운 중앙 대륙을 그들에게 나눌 거외다.]

"그대의 목적은 오직 제국의 멸망인 거로군. 하나, 터무니없구려. 모두를 모으는 구심점을 그대가 할 수 있겠소?"

[왕위 투쟁을 통해 증명하리다. 모든 전리품을 나누는 것으로 입증하리다.]

샨의 의도는 에일락 반테스의 말을 대중에게 전달하기 위함이었다. 이미 라탁슈낙과 함께 왔다는 것을 통해 그의 뜻은 나온 셈이었다.

"강자가 모든 것을 갖는 것이 제일의 율법."

저들이 생각할 수 있도록 정리할 시간을 준 샨이 목소리를 드높였다.

"과연 대무녀 라탁슈낙의 안목이 맞구려. 나는 그대를 인정하외다. 가주들의 합공을 견뎌내고 셋레인의 공식적인 최강자인 가르테인을 눈 깜짝할 순간에 패퇴시킨 그대는 우리의 왕이 될 자격이 충분하오."

일대가 술렁였으나 그는 큰 웃음으로 잠재웠다.

"하나, 아직 가슴으로 받아들이기에는 무리가 있는

것이 사실이지. 그대가 외지인인 까닭이며, 그대의 무력을 충분히 경험하지 못한 까닭이외다."

"왕이여! 지금 무슨 말을 하는 거외까!"

"랍탁, 불만이 있다면 정식으로 도전하면 되오. 나 역시 참가자가 되어 쟁취할 거요."

왕관을 벗은 그가 라탁슈낙에게 이를 맡겼다. 그녀가 두 손으로 공손히 들었다.

"지금 이 자리에서. 대무녀 라탁슈낙이 율법을 빌어 제안한 왕위 투쟁을 열 것을 천명하오. 그녀의 요구를 적극 수용하며 왕의 권한으로 규칙을 변경하는 것 역시 허락하외다."

왕의 선포에 아연실색하는 대중이었다. 그러나 잠시 흥분이 가라앉으면 저들도 이해할 것이다. 검탑이 무너졌으니 제국이 공격해 올 것이며, 남은 것은 자유를 위한 도주와 전쟁뿐이라는 사실이었다.

[하면, 그때 뵙겠소.]

저들의 반응을 본 에일락 반테스는 라탁슈낙에게 수고했다고 전언을 보낸 뒤 세넬락과 함께 돌아갔다.

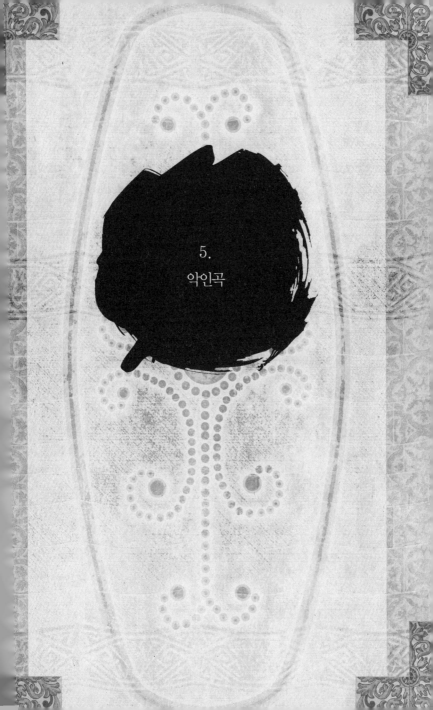

5.
악인곡

　현실의 옥타곤은 비교할 수 없었다. 더군다나 왕이자 권력자를 선출하는 최대의 대회가 지극히 동양답다는 사실이 주는 매력도 상당했다. 그쯤, 옆구리가 갑자기 아팠다. 한창 열흘에 걸친 왕위 투쟁을 보는데, 여우처럼 쩨려보는 이블린이 불쑥 눈앞 화면을 뭉텅 떼어갔다.

　"계속 옛날 영화만 보고 있을 거예요?"

　꼬집는 손가락이 꽤 매웠다.

　"멋진 영화니까 같이 관람하는 건 어떨까요? 이미 결과는 알 테지만, 시점이 달라서 보는 맛이 있을 겁니다."

"됐네요. 이건 노 장군이 당신만 보라고 신신당부한 거거든요."

셋레인의 일은 유나가 재구성한 지 오래였다. 하지만 이는 new century에서 일어난 이민족의 군대를 통해 상황을 역추적해서 엮었을 따름이지, 에일락 반테스의 직접적인 행보와는 동떨어져 있었다.

그의 의도대로 간단한 밀봉 상태에 불과했지만 내 기억에서 유나나 월향, 이블린 모두 이를 건드리지 않은 덕분이었다.

그렇기에 그녀에게 보여주기 좋은 선물이 될 수 있었다.

"같이 봐요. 셋레인의 왕이 되는 과정이 호쾌하고 제법 재밌습니다."

이미 비전서들을 모두 통달했고, 경지마저 높으니 당연한 결과였지만, 일전에 본 것이 중세의 역사면 이쪽은 한 편의 무림을 소재로 한 영화를 구경하는 듯했다.

실제로 주먹을 맞잡고 인사하고 동양식 예를 취하는데다가 악기도 북과 대금을 비롯한 동양적 색채가 물씬 풍겼다.

"그럼 술이랑 안줏거리를 가져올게요."

이블린이 와인과 건조한 굴이 담긴 통조림을 한 캔 따서 가져왔다. 평범하게 일상을 보내지만, 함께 보는 영상만큼은 벽에 띄워놓고 관람했다. 삶의 속도를 평범한 이들에게 맞추기는 하지만, 지금은 밤이니까. 연인과 보내는 이따금 이런 판타지를 누리는 것도 좋았다.

"어디부터 돌려서 볼까요? 누각에 칩거한 에일락 반테스부터? 아니면 3상 투영술을 전수하는 부분? 왕위 투쟁?"

영상 세 개를 비눗방울처럼 띄우곤 말하자 이블린은 젓가락으로 모두 터뜨린 뒤 새로운 영상을 띄웠다.

"셋레인 편 다음으로 넘어가죠? 아까 당신이 거기까지 보다 말았잖아요."

"그러지 말고 내가 근사한 음식을 준비할 테니까 그동안 이전까지의 영상을 보도록 해요."

"프라이팬 다 태우는 건 아니고요?"

"에이. 나 요리 스킬 있는 남잡니다. 어지간한 요리사 못잖게 할 수 있어요. 대신 재료는 냉장고에 있는 거로 하는 만큼 비주얼은 장담 못합니다."

"요리는 먹는 사람이 평가하는 거예요."

알았다며 소파로 간 그녀가 영상을 관람했다. 그사이

부엌의 불을 켜고 냉장고를 뒤적이며 요리 준비를 했다. 재료를 보며 부드러운 음식을 떠올리자, 머리로 각각의 요리 단계가 착착 펼쳐졌다. 남은 건 그대로 움직이기만 하면 된다.

밀가루와 버터를 볶아 루를 만들고, 우유에 양파를 넣으며 손에 감각에 따라 향신료를 첨가했다. 단계마다 게임처럼 '베샤멜 소스 완성, 다음 단계로 이동' 하는 재미난 말풍선이 생겼다. 이런 효과는 그냥 생기는 게 아니다.

"한가해요?"

마술처럼 냉장고에서 유나가 얼굴을 쏙 내밀었다.

ㅡ네. 주방 보조해 드려요? 바지락 육수는 여기 밑에 칸에 있어요!

배시시 웃은 그녀는 천공수에서 루타타로 함께하던 것처럼 어깨에 앉아서는 바로바로 손가락으로 재료를 가리켰다. 평상시는 나오지 않다가도, 밤마다 펜던트를 쓰고 에일락 반테스의 기록을 볼 때면 이렇게 나오곤 했다.

이른바 사람들이 잠을 자며 꿈을 꾸는 시간에 살짝 함께하는 요정이었다.

왕위 투쟁으로 셋레인이 들끓는 사이, 에일락 반테스는 대무녀의 누각에서 다시금 수련에 집중하고 있었다. 북극을 가로지르며 깨우친 어검술의 경지를 가르테인 역시 도달했다는 것을 알았기에 이에 대한 대비책을 마련해야 했다.

'지금 이 시대를 살아가고 있었다면 불패니 명장이니 하는 허명은 얻지 못했겠군.'

란티놀 제국이 자신의 사후를 정말 독하게 준비한 게 틀림없었다. 황제의 검이 이룩한 어검술은 정확하게 자신을 빼다 닮았고, 저격하고 있었다. 다음에 붙게 된다면 어떨까?

육체의 내구도는 단연 그가 뛰어났다. 그러나 어검술은 공간을 초월하여 정신을 꿰뚫는다. 만약 메그론 급의 강자가 하나라도 더해진다면, 어검술로 서로 피해를 본 상황에서 일방적인 공격을 받을 우려가 컸다.

하면, 타개책은 무엇일까. 해답은 역시 본신과의 융화에 있었다. 열세를 극복하려면 일그러진 륜이라는 반칙을 쓰는 게 가장 나았다.

'혈신술을 응용하여 이상현을 내 몸에 투영한다면.'

그럴듯한 가설을 세웠다. new century에 존재하지 않는 염홍, 황혼, 흑성과 같은 영체를 비밀의 시선으로 유도하고 이와 동화되는 것이 혈신술이라 했다. 이는 정령계의 문을 새로이 열어 강한 존재를 몸에 입는 강신과 마찬가지다.

현실 세계의 이상현을 불러올 수 있다면 어떨까. 신격에 도달한 존재이기는 하지만, 사실 이상현의 기초가 되는 힘과 경험은 환혼력이고 에일락 반테스의 것이었다.

더불어 아바타인 자신도 이상현이 선택하여 탄생한 것이나 진배없으니, 륜의 힘은 물론 법력까지도 이끌어낼 수 있을 터였다.

'문제는 소울 이터라는 그의 특성인데.'

제임스의 몸에 이상현의 정신, 여기에 다량의 영혼을 소화하여 이룬 군집체이고 그렇기에 호캄이나 다른 존재로 육신이 변모했다. 따지고 보면 그의 몸에 새겨진 펠마돈 역시 높은 격을 가진 존재의 영혼이나 마찬가지지 않던가.

그 재료는 육혼맹아진령이면 될 성싶었다. 라탁슈낙에게서 선물받았던 그것을 꺼낸 뒤 그가 명상에 잠겼다. 혼(魂)과 신(神). 정(精) 영(靈)에 대해 깊이 궁구하며 륜과 비밀의 시선을 몸소 시전했다. 이윽고 희미하게 새겨진 그의 륜이 서서히 분명한 색과 모양으로 바뀌었다.

누각의 중심에서부터 퍼져 나간 청백색 얼음은 누각 전체를 꽝꽝 얼리고 물과 폭포수마저 고스란히 결빙시켰다. 그 가운데 미혹을 내쫓는 범종의 울림처럼 맑은 검소성이 연신 울었다.

이윽고 반개하던 눈을 그가 뜨며 나직이 불렀다.

[오너라.]

육혼맹아진령이 검과 갑옷으로 스며들었다. 역대 셋 레인의 강력한 령들이 스며들자, 그란디움 발베란이 에일락 반테스의 의지 없이도 광검을 일으켰다. 에벤티움 화엔타인 역시 전력을 다해 일으키는 환혼력의 폭풍을 스스로 일으켰다.

한 오라기만큼의 힘조차 쓰지 않았거늘, 광검이 길게 뻗으며 그 위를 환혼력이 응집하여 발테리아스를 완성했다. 영혼을 삼킨 그의 장비가 감히 승격했다고 해도 좋을 정도의 변화를 보였다.

'예상대로군.'

깡그리 빨아들인 검과 갑옷의 표면에는 빗살과도 같
은 무늬들이 새겨진 상태였다. 이에 검에는 검혼, 갑옷
에는 환혼이라 이름 붙인 에일락 반테스는 방문을 열고
나가서는 자신의 무력을 한번 시험해 보았다.

그리고 그가 검혼과 환혼을 깨우친 그날, 셋레인의
지형이 바뀌었다.

슈는 애써 마음을 가라앉혔다. 그러나 쉽사리 집중되
지 않았다. 이 모든 것이 에일락 반테스라는 무도한 침
입자 탓에 생긴 일이었다. 한참 고민하던 그녀의 입에
서 탄식처럼 한숨이 나왔다.

"화신지경에 3상 투영술."

하얗고 뜨거운 모래와 벼락 맞은 대추나무가 각 방위
에 심어져, 진법을 이루는 왕실의 수련장은 염홍가의
무인만이 출입할 수 있는 꿈의 장소였다. 팔각형으로
깎인 온옥에서는 기를 정갈하게 다듬고 몸의 활력을 더
해주는 효능이 있었다.

예약자가 밀려 있기에 이용할 수 있는 시간도 개인별

로 오직 일각(15분)의 시간뿐이었다. 그 귀하디귀한 시간을 슈는 아랫목에서 몸을 녹이듯 그렇게 하염없이 고민으로 흘려보냈다. 그즈음 미닫이문이 열리며 동료이자 단짝인 셸이 들어왔다.

"이번엔 내 차례니까 얼른 비키라고. 내가 그 망할 놈을 반드시 태워죽이고 말겠어."

"벌써 시간이 다됐어?"

"뭐야. 염홍도 부르지 않고 혼자 있었다니, 낭비잖아. 요즘 정신을 어디에 팔고 있는 거야?"

앙칼지다는 표현이 걸맞을 만큼 눈썹을 치켜든 따끔한 일침에 슈가 어색한 웃음을 보였다. 셸은 이럴 때가 아니라는 듯 자신의 혈신술을 쓰고 바삐 진법에 모여든 정갈한 기를 염홍에게 먹이기 시작했다. 슈가 문득 물었다.

"이렇게 해서 왕위 투쟁을 막을 수 있을까?"

"왜 약한 소리를 하고 그래? 가주님이 그 늙은이를 막아내는 거 봤잖아."

다른 가주들을 상대로 밀리지 않던 에일락 반테스를 일순간 잠재운 태양왕의 위용에 희망과 기대를 품는 셸이었다.

이른바 화신지경에 들어 비전을 대서할 수만 있다면 능히 셋레인을 벗어날 수 있다고, 그녀는 확신했다.

그러나 슈는 보았다. 샨의 등장 이전에 라탁슈낙과 에일락 반테스가 무언의 대화를 나누는 것을. 비록 작은 낌새이긴 했지만 샨의 절기 중 하나인 염화천폭이 작렬하기 전에 차디찬 한기가 상당 부분 반감된 상태였다.

"차라리 잘됐어. 이참에 우리도 이 추운 곳을 떠나서 따뜻한 대륙으로 내려가는 거야! 율법 때문에 매번 일대일의 대결만 했었잖아. 가주님들이 힘을 합쳤으면 제국 같은 건 그냥 끝이었다고."

사실이 그랬다. 일대일의 대결만 고수하고 셋레인에서 벗어나는 것조차 삼가며 지내온 까닭은, 라홀 일족이 그만큼 조상의 가르침과 대무녀의 뜻에 따르는 이유였다.

율법은 지엄했다. 아비에게 순종하고 왕에게 복종하며, 스승의 그림자조차 밟지 말아야 한다. 외문 제자와 내문 제자, 나아가 어전 무인의 경계가 확고하며 무릇 큰 사람은 작은 사람을 돌보아야 했다. 무릇 대결에는 예(禮)와 의(意)가 있어야 옳았다.

"저 난봉꾼은 가주님이 나서시면 한 방이야."

에일락 반테스가 초식의 이름을 말하는 것에 대해 굉장히 냉소적이었지만, 이는 셋레인의 풍토이며 예법이었다. 대결은 신성하고 상대의 모든 수에 대응하며 보이는 실력이야말로 강자의 증명이다.

그런데 이런 셋레인의 미풍양속을 에일락 반테스가 짓밟고 있었다.

절대로 좌시할 수 없는 사태였다. 그가 공분을 사는 이유는 기실 이것이었다. 검탑을 무너뜨린 일이나 제국에게 복수하겠다는 이야기나 가르테인과 싸우며 죽은 셋레인의 백성은 고려의 대상이 아니다.

검탑은 어쨌든 없어져야 할 것이었고, 제국의 복수는 이들도 환영이다. 죽은 일반 백성은 배례복조차 입지 못한 약한 이들이고 신분이 낮았기에 신경 쓰지 않았다.

에일락 반테스에 대한 불만은 혈신술을 무시하고 자신들의 전통을 짓밟은 오만함이었다.

"3상의 투영술은 어떻게 생각하니?"

"말도 안 되는 헛소리지 뭘. 그때 나간 조가 완전히 박살 났다더니만, 슈. 정말 괜찮은 거야? 어처구니없는 그 얘기를 왜 믿고 그래?"

"그렇지?"

"그 난봉꾼은 무조건 악인곡(惡人谷) 행이야."

셋레인의 이단아들. 이른바 전통의 기술을 부정하고 파격을 택한 자들을 가둔 감옥이었다. 진법으로 입구를 완벽히 틀어막은 데다가 사시사철 태양 빛이 들어오지 않는 음습한 계곡은 들어서면 어떤 일이 나타날지 모르는 셋레인의 지옥이었다.

"신분고하를 막론하고 강자를 다 왕위 투쟁에 부른다고 하셨잖아. 그럼 악인곡의 죄인들도 참여하는 건데 괜찮을까?"

"그자가 원한 거니까 대진표는 무조건 그자한테 붙이기로 했대. 장로들이 밀어붙였다고 하지만, 가주님이 허락하지 않으셨다면 통과할 수 있을 리가 없거든. 화신지경을 이룬 샨 님은 무적이시니까."

자신에 찬 셀에게 슈는 '예전에 졌었잖아.' 라는 말을 차마 하지 못했다. 임기 기간에 샨의 경지가 높아졌을 테지만 가르테인 역시 검탑에서 수련을 멈추지 않은 것으로 알았다. 에일락 반테스는 그런 그를 순식간에 몰아냈다.

그 점이 슈에게 고민을 안겨주었다. 해법은 어디에 있을까.

"방해됐지? 미안했어. 그럼 수련 열심히 해."

슈는 동료를 응원하고는 수련실을 나섰다. 궁전을 도는 근무 시간에도, 식사하는 때에도 계속 그때의 일이 되뇌어졌다.

어디를 가든 왕위 투쟁과 침입자에 관한 이야기가 계속 나오는 이유이기도 했다. 그러다 이내 결단을 내렸다.

에일락 반테스를 찾아 대무녀의 누각으로 향한 것이다.

"세상에!"

그때 터무니없는 광경을 목격했다. 누각이 쿵쿵 뛰는 심장처럼 얼어붙어서는 흐르는 바람과 함께 출렁였다. 그러다 거대한 빛의 검이 번뜩이더니 산의 허리가 잘렸다.

누각 인근에서 작게 흐르던 폭포수는 온데간데없었다. 대신 냇물이 흐르던 자리에 강줄기가 만들어진 듯 장대하게 굽이치는 빙하와 운무만으로 생명을 얼리는 환혼력의 안개가 일렁였다.

보는 것만으로 시리게 하는 힘의 잔재는 곧 사라질 것이지만, 뒤바뀐 지형과 검의 낙인은 셋레인이 사라지는 그날까지 구구하게 남을 것이다.

이건 이기고 지는 것을 떠나 실로 말도 안 되는 사태였다.

머릿속이 아득해진 슈가 자신도 모르게 무릎을 꿇었다. 거대한 것을 보았을 때의 감동과 감격에 그저 순수한 감탄과 흠모만이 나왔다. 그때, 그녀를 부르는 소리가 있었다.

[슈라 했던가. 이리로 오너라.]

지독한 한기에 염홍의 화신체를 이뤄 몸을 보호한 그녀가 본능적으로 에일락 반테스의 앞에서 허리를 굽혔다. 자연스럽게 주위를 압도하는 아우라가 주위 공기마저 지그시 누르는 듯했다.

샨이 왕이라면 그는 황제의 기도(氣度)였다.

"부르셨습니까."

[네가 온 것은 화신지경과 투영술을 묻기 위함일 터.]

마음을 꿰뚫어보기라도 한 듯한 그의 모습에 슈가 귀를 활짝 열고 단단히 새겨들었다.

[화신은 령과 육이 하나 됨이니, 아이처럼 바라보며

구름처럼 쉼이 없다면 절로 따라올 것이다. 힘을 좇으면 그만큼 멀어질 것이니, 네 숨처럼 오직 곁에 두어야한다. 그것이 합일의 법이고 화신의 묘다.]

이른바 자연스러움을 따르라는 그의 말은 염홍을 통해 뭘 하고 먹이고 키우는 기존의 수련으로부터 자유로울 것을 가르치고 있었다. 하다 보면 자연스레 이루어진다는 이야기였다. 다음은 3상의 투영술이었다.

[대륙에는 코마족이라는 자들이 있다. 그들은 생명과도 같은 상징물을 정해 이로써 만물과 소통하지. 단순히 아끼는 물건이 아니며 또 하나의 심장이 되는 것이다. 네가 각오가 되어 있다면 평생을 품을 상징물 두 가지를 가져오너라.]

그 말에 쿵쿵거리는 소리와 함께 누각의 문이 벌컥 열렸다.

"여기 가져왔습니다!"

무엇을 정할지 갈등하는 그때, 노을빛 배례복을 입은 황혼가의 중년 무인이 올라왔다. 에일락 반테스가 첫 외유에 나섰을 때, 마차 안에 있던 이였다. 그를 보고는 고개를 저었다.

[너는 자격이 없다.]

"저도 당신을 따르고자 합니다!"

[행동은 생쥐 같고, 판단은 박쥐 같은 놈이로다.]

배례복과 무기를 꺼내어 먼저 말하는 그를 대수인으로 밀쳐 냈다. 낙엽처럼 훌훌 날아간 그는 저 깊은 산등성이에 떨어져 에일락 반테스를 욕했다.

엄숙한 분위기 속에서도 실소를 나오게 하는 일 이후, 슈가 자신의 배례복을 벗었다. 두 개의 령을 사용할 수 있게 만들어준다 했는데 하나만 내밀었다.

[욕심이 나지 않더냐?]

"평생 함께할 상징물을 속이고 싶진 않았습니다."

크게 끄덕인 에일락 반테스가 그녀에게 다가갔다. 이상현이 품은 스킬 중 망상의 희열이 있다. 능력치를 옮기는 이 힘은 혈력을 기력으로, 기력을 마력으로 바꾸는 것 역시 가능하다. 더불어 영령술을 응용할 때는 부여마법처럼 힘을 사물에 담을 수도 있었다.

다만, 고통을 감수해야 했다.

[바라는 영령은?]

"풍천입니다. 염홍의 화신으로 풍천을 다스리고 싶습니다."

불과 바람. 좋은 조합이다.

에일락 반테스는 그녀의 혈신을 다스리며 망상의 희열로 힘을 전화시켰다. 그러자 뜻밖의 사건이 일어났다. 고통스러워하고 어찌어찌 이겨내려고 애를 쓰는 수준이 아니라, 단번에 혼절해 버린 거였다. 여기서 그치지 않고 형언불가의 고통에 심장마저 멈췄다.

'이 스킬이 이토록 위험한 거였던가.'

제법 단련된 무인인데, 이 정도일 줄은 미처 예상치 못했다. 그러나 수습은 해야 했다. 깨워봐야 다시 까무러칠 것이 선하니 어쩌랴, 풍천을 자신이 직접 불러들여서 그녀의 배례복에 동화시킬밖에.

가히 물고기를 잡아서는 음식까지 만들고 입에 떠 먹여주는 셈이었다.

문득 이용택이 처음 숨법을 전수하며 고생했다 말했던 것이 떠올랐다. 감출 수 없는 헛헛한 웃음을 뒤로한 채 그는 직접 허물고 세우며 쌓는 작업을 전부 했다.

'생명을 살리는 데에는 숨법이 가장 좋지.'

인간 본연을 일깨우고 자신을 완전케 하는 힘. 그 기초에 따라 막힌 숨에 길을 틔우고 망상의 희열로 혈신을 옮겼다. 다음은 비밀의 시선을 사용하여 풍천의 영령을 불러들인 뒤 강제로 쑤셔 넣었다. 끝으로 그녀의 가슴에 손을 얹고는 쇼크웨이브를 사용하여 심장을 직접 주물렀다.

[일어나라.]

멈췄던 심장이 다시 뛰었다. 황망히 일어난 슈는 배례복을 받아 들고 얼떨떨해했다. 그도 그럴 것이 깜빡 기절하고 일어났더니 모든 상황이 다 종결된 것이다.

"어떻게 된 건가요?"

[고통을 이기지 못하고 혼절했었다. 하여, 내가 손수 계약을 맺게 했지.]

"저는 아무것도 느끼지 못했었는데요?"

[3상 투영술은 너를 처음이자 마지막으로 두고 끝내야겠다. 전수할 수 없고 9할 이상으로 죽기 십상이구나. 인간이 감내할 수 있는 고통이 아니었다.]

노력과 근성의 영역이 아니었다. 한데 이는 정반대의 의미로는 에일락 반테스에게 최고의 스킬이었다.

살아 있는 자가 아닌 죽은 존재들. 언데드의 특성과 특질을 입맛대로 바꾸고 변용하는 데 그야말로 가장 잘 어울리는 이유였다.

융합 키메라를 영체로 전환하고 반대로 비율을 조절하여 독성을 띤 존재로 탈바꿈할 수도 있었다. 참으로 상황에 따라 얼마든지 사용하기 나름이다.

'행운의 신 융켈. 이를 흡수한 이상현이라더니.'

이렇게 최적화된 극의가 또 어디 있으랴 싶었다.

[또한, 염홍의 영령을 대성하지 못한 네가 과연 풍천을 모두 아우를 수 있겠느냐. 3상 투영술은 가능하되, 재능에 절대적인 영향을 받는다. 이는 천품의 무재가 아니고서야 감히 감당할 이가 없을 것이다. 대성을 막을지니 사도(邪道)라 할 것이다.]

다양한 무기를 사용하는 이들치고 진정한 마스터가 없는 것처럼, 혈신술의 수가 늘어나는 것이 장기적으로는 오히려 독이 될 수 있었다. 자신의 말이 거짓이 아니라는 상징으로 슈를 내세우는 것. 딱 그 정도에서 만족하기로 했다.

"구원자께서 거짓으로 미혹시키려 들지 않았음을 제가 널리 알리겠습니다."

깊이 절하고 슈가 떠나갔다.

사흘이 더 지나자 셋레인의 일정이 잡히고 축제의 분위기가 물씬 풍겼다. 에일락 반테스는 누각에 앉아서 셋레인 전체를 감각권에 두고 있었다. 지난번 가르테인과의 경험을 토대로 이번에는 더욱 은밀하게 마력을 사방에 퍼뜨렸다.

그러던 중 그의 마력에 제법 묵직한 기도의 소유자가 포착됐다. 새롭게 모습을 드러낸 강자였다. 즉시 자리에서 일어난 그가 누각을 나섰다.

기와집이 물결치며 팔괘를 형상화한 셋레인의 정경은 이상현의 세계와 이쪽 세계를 모두 따져도 이질적인 아름다움이 있었다. 그 경관을 음미하며 대로를 걸었다. 북적거리며 사람들이 돌아다녔고, 장사하는 이부터 호객꾼까지 성행했다.

"당신이 아니라니까요! 방해되니까 좀 비켜봐요!"

시장통에 접어들었을 때, 유난히 크게 들리는 소리가 있었다. 정확히 자신이 느끼고 온 마력의 방향이었다.

웅성거리며 모여 있는 사람들 너머에는 길흉화복(吉凶禍福)이라는 글이 적힌 깃발이 보였다.

주루 앞에 있는 깃발 아래, 운명을 점치고 사주를 본다는 역술인이 한 소년과 실랑이 중이었다.

"어허, 인석아. 내 제자가 되라니까? 그 이방인이 뭔데, 나오지도 않는 그놈을 기다리니 마니 하는 거냐? 네 자질이면 나는 물론이고 다른 놈팡이들의 비술을 익힐 수 있으니, 천하제일은 떼놓은 당상이니라. 너도 어차피 스승을 찾는다면서 왜 이리 빼는지 모르겠구나."

"무슨 말도 안 되는 소리예요? 맨날 점만 보는 거 누가 모를 줄 알아요?"

"그게 아니래도 그러는구나. 거참. 말은 더럽게 안 들어 처먹는 아해로다. 이것아, 왕위 투쟁을 전격 개방하면서 주박이 풀렸다. 이제 나 같은 놈들도 나설 수 있게 됐단 말이다."

등에 부적을 꽈서 만든 깃발통을 맨 거지꼴의 역술인은 지금까지 보았던 가주들 이상의 실력자였다. 음험하며 난폭한 야수를 품고 있었는데, 이는 라탁슈낙이 바쳤던 비전서 어디에도 없던 새로운 기질의 영령이었다.

저들이 정령계와 신계를 열었다면 역술인이 열고 계약한 곳은 마계가 틀림없었다. 이토록 원초적이며 음습한 욕망은 세인들이 말하는 지옥이 바로 연상됐다.

"싫다는데도 거참! 백번 양보해서 천하제일이라고 쳐줄게요. 그래도 숨어 있던 사람들 아니에요? 검탑은커녕 가주님들도 어쩌지 못했잖아요!"

똘똘한 눈을 치켜뜨고 끌어내려가는 바짓단을 움켜쥔 소년 역시 비범했다. 뻗은 마력이 두루 소통하며, 가장 완벽하고 이상적인 골격이었다. 범인이 제아무리 노력해도 따라잡기 버거운 천품의 자질, 적이라면 가장 먼저 처단해야 할 높은 재능을 가진 아이였다.

"라훌의 축복을 받은 아이를 어찌 이방인에게 넘기겠느냐."

"그럴 거면 궁에 들어갈래요!"

"거긴 순둥이들이라 잘해야 샨 정도밖에 안 된단다. 사내대장부라면 높은 곳을 봐야지."

"할아버지, 지금 엄청 위험한 말을 하는 거 알아요?"

시장통에서 셋레인의 왕을 모독하는 역술인에게 당연히 날카로운 시선이 모였다. 예전 같았으면 벌써 두 팔을 걷어붙이고 나서는 이들이 속출했을 테지만, 지금은 불쾌한 낯을 보이는 것이 전부였다.

에일락 반테스라는 이방인에게 뜨겁게 데인 적이 있는 까닭이었다. 혹시나 비슷한 상황이 또 반복될지, 지나치게 자신만만한 역술인의 행동에 주춤하였다.

물론, 저들을 인정해서 하는 일은 아니었다.

그도 그럴 것이 노인은 점 따위나 가십거리로 봐주는 역술인이고, 소년 역시 연두부를 파는 어린 장사치에 불과했다. 소위 말하는 못 배우고 미천한 부류다. '둘다 미쳤군.', '별 잡것들이 다 설치니 원.' 하며 모두 혀를 내두를 즈음, 문득 인파가 좌우로 쫙 나뉘며 길을 만들었다.

에일락 반테스를 발견한 탓이었다.

[기다리던 이가 드디어 나타났군.]

배례복이 아닌 갑옷과 검을 찼고, 이목구비 역시 확연하게 다른 이방인의 등장이다. 그렇잖아도 각종 소문을 일으키고 있는 주인공의 모습에 웅성거리던 시장통이 조용해졌다. 소년이 반색했다.

"에일락 반테스 님! 드디어 뵙네요. 쇼켄이라고 합니다. 제자가 되고자 여러 날을 기다렸어요."

반대로 역술인은 이 빠진 웃음을 흘흘 지었다.

"거참. 왕위 투쟁까지는 절대 나서지 않을 거로 생각했건만, 예상이 틀렸구먼. 주박을 딱 해제한 거랑 비슷한 걸 보니, 혹시 내 마고(魔苦)를 느낀 거요?"

[그대와 완벽하게 동화된 영령의 이름이 그것이라면, 맞다.]

"허허. 이거야 원. 내 점괘는 틀린 적이 없는데……. 필시 오늘의 운세는 대길이었건만 어찌 대흉이 되었는지 모르겠구나."

말을 하다가 털썩 앉은 그는 원통의 그릇을 마구 흔들었다. 그리고 젓가락처럼 생긴 길쭉한 막대들을 뽑더니 하늘에 대고 탄식했다.

"이런 망할. 정말로 죽은 자였군. 에잉!"

달그락달그락 소리를 울리며 반복해서 봤지만 기묘하게도 뽑아 드는 막대는 매번 같은 것이었다. 그때 에일락 반테스의 등 뒤에서 말과 매의 울음소리가 들렸다.

사람들 틈바구니에서 철편이 머리를 덮쳤고, 옆 가게의 문이 박살 나더니 서슬 퍼런 검날이 모래바람을 동반한 채 그의 몸을 휘감았다.

순간, 그의 검이 절로 떠올라 번쩍였다. 이윽고 사선으로 갈라지며 습격자들의 몸이 모두 나뉘어 쓰러졌다. 어찌나 예리했던지, 땅에 부딪힌 뒤에야 피 분수가 뿜어질 정도였다.

[뭔지 아는가?]

"젊은 패기로군. 저 죽는 줄 모르고 사신의 낫에 제 목을 들이밀었어."

역술인이 다섯 번이 넘게 막대기를 뽑았다가 짜증스럽게 바닥에 던졌다.

"검탑이 무너지고 가주들을 패퇴시키고 왕위 투쟁을

연다는 이야기가 원체 허황해야지. 멋지게 물리치고 명
성을 높이려는 뜨내기로 보이는구먼. 셋레인의 뜻이 아
니라 혈기 왕성한 녀석의 독단 행동인 것 같아."

암습자들에 대한 짧은 평이었다. 눈 깜짝할 사이에
피가 튀고 사람이 죽어나가는 통에 구경꾼들이 황망히
도망했다.

본의 아니게도 나타날 때마다 주위에 많은 폐를 끼치
는 에일락 반테스였다. 악명이 더해갈 수밖에 없었다.

그즈음 쇼켄이라 자신을 소개한 소년은 침을 꿀꺽 삼
키며 흥분에 찬 모습으로 에일락 반테스를 보고 있었
다.

"정말 최고예요! 에일락 반테스 님, 꼭 저를 제자로
삼아주세요. 정말 잘할 자신 있어요. 제 몸을 보시면
아시잖아요?"

당돌한 소년을 그는 손짓으로 날려 보냈다. 가랑잎처
럼 굴러간 쇼켄이 고양이처럼 착지해서는 네 발로 달려
와 무릎 꿇었다.

피를 보고 흥분하는 녀석이 천품의 재능마저 갖추고
있었다. 실로 제정신이 아닌 거다.

"이미 죽어서 천기를 벗어난 이방인 친구, 자네는 천

살성(天殺星)이라고 아는가? 저 아해가 그걸 타고났거든. 아주 비틀린 녀석인 게지."

역술인이 끌끌 웃었다.

"한 소년이 있었어. 한 번 본 것을 잊지 않고, 들은 것을 익히는 데도 수월한 자질. 라홀의 축복이라고도 하고 천품의 무재라고도 불리는 아주아주 명석한 아이였지. 아비는 천민으로서 작은 떡 가게를 운영했고, 소년은 부친을 도와 열심히 일했다는군. 화목한 가정이랄까?"

이야기를 시작하자 늙수그레한 목소리가 나직이 울려 퍼졌다.

"어미가 쏙 빠진 이유는 난산 끝에 죽었기 때문이지. 여하간, 그토록 놀랍고 빼어난 재능. 모두가 눈독 들이는 축복의 소년은 평범하게, 평온하게 그리 지내왔어. 한데 꼬맹이에겐 아무도 모르는 문제가 있었지. 이상하게도 피를 보면 기분이 좋다는 거였어."

친절하게 설명해 주는 역술인은 쇼켄이라는 소년과 동류의 눈빛을 하고 있었다. 이른바 살인에서 쾌락을 느끼는 부류였다.

그가 막대 하나를 뽑고 흔들기를 반복했다.

"셋레인은 너무 갑갑한 거지. 하지 마라, 지켜라, 뭐 해라 같은 율법이 지랄 맞게 많거든. 그래도 어째. 영리하니까 자기를 숨기고 잘 지내왔지. 그러다 요번에 이런 사건이 쾅 터졌으니 좋다고 나선 거야."

[탑을 무너뜨린 것이 그리도 큰일이었나?]

"아니, 아니."

손사래를 치는 역술인에 이어서 쇼켄이 환히 웃으며 말했다.

"아빠가 죽었거든요. 장군님이 죽여주셨어요! 팔만 잘렸는데 아무도 치료를 안 해서 과다출혈로 죽었다고 하네요."

미치광이 같은 대꾸였다. 에일락 반테스는 저들을 주목했다. 처음이나 지금이나 그의 관심사는 역술인에게 있었다. 수를 불릴 수 있는 언데드와 달리, 제국의 강자를 상대할 초인 급의 인물. 소수 정예이자 즉시 전력감의 장수다.

[그대는 누구인가?]

"이거, 기억하는 이가 있을는지 모르겠구먼. 아, 외지인에게는 어차피 모르는 이름이겠군그래. 나는 멸문한 탐락가의 유일한 후손이자 악인곡의 원로인 마할문이라 하네. 15령가에서 정신 승리로 자위하고 있는 검탑에 일찍이 도전했던 전적이 있지. 결과야 뭐, 내 꼬락서니를 보면 바로 알겠지만 말이야."

왕위 투쟁의 소식에 15령가에서 주박을 풀어서 내보낸 죄수였다. 왕위 투쟁이 끝날 때까지 자중하기로 약조하고 나왔다고 한 마할문이 양손을 보였다.

"라홀에서는 마령과 계약을 맺은 우리를 마인(魔人)이라 부른다네. 그냥 본능에 충실했을 뿐인데, 용납을 못 하더군. 하여간 율법이니 뭐니 영 고리타분하다니까."

손을 펼치는 그의 손바닥과 팔이 쭉 갈라지며 침을 뚝뚝 흘리는 괴수의 입으로 변했다. 그리고 살점이 아물며 본래의 모습으로 돌아갔다. 셋레인의 혈신술이 선명하게 밝은색이었다면 마할문이 보인 영령은 탁하고 어두운 빛깔이었다.

뒤이어 그는 소년일지, 자신일지 모르는 이야기를 했다. 그만큼 둘의 사연은 나이와 무관하게 매우 닮아 있었다.

"아무리 뛰어나도 가문이 변변찮으면 죽임을 당하거든. 천한 놈이 감히 명가의 무인을 쓰러뜨리면 안 되는 탓이었어."

"통하는 게 있네요? 아빠도 마찬가지였어요. 그래서 못하는 척 바보 흉내 내면서 엄청 지냈죠. 여길 벗어날 수는 없고, 뭔가 배우려고 해도 성에 안 찼거든요. 제 대로 된 혈신술을 누가 가르쳐 줬으면 참 좋았을 텐데, 피가 구리다네요."

"저렇게 한 몇 십 년 묵히면 천살의 재능이 알아서 마령과 이어지지. 고로 내가 바로 너의 미래니라, 요 꼬마야."

우웩 하며 소년이 절대로 싫다는 표정을 지었다. 그 게 말이 되느냐는 듯한 반응도 보였는데, 이는 사실이 었다. new century는 투영의 세계다. 간절히 원하 고 강력한 의지로 염원하면 이루어진다. 대신 그 심연 에 먹혀서 제정신을 유지할 수는 없다.

억눌린 재능이 반발로 치솟는다면 상리에 어긋나는 마령이라 할지라도 얼마든지 불러들일 수 있다.

[기이하군. 그렇다면 왜 지금은 여기에 있는 거지? 샨 못잖은 실력인데 이를 속박할 수 있는 수단이 셋레 인에 있던가?]

주박술이라 불리는 셋레인 전통에 봉인법이 그토록

훌륭하느냐는 물음에 마할문은 아니라고 했다.

"너무 오래 살아서 그런 걸세. 셋레인에 펼쳐진 진법의 힘이지. 이 길에 이름부터가 팔괘로(八卦路)거든. 셋레인에는 허투루 지어진 게 하나도 없어."

악인곡에 갇히고 동료들과 목숨 건 싸움을 하며 지내다가 알게 된 사실이라 했다. 셋레인에는 초대 무녀의 염원에 따라 강력한 진법이 펼쳐졌고 셋레인의 가옥과 지형에 힘입어 이는 전통과 율법을 더욱 강조하는 강력한 주술로 완성됐다.

"제국놈들은 이걸 펠마돈이라고 하더군. 그 덕분에 셋레인에서 20년 이상 지낸 이들은 율법에 복종하고 약조를 반드시 지키는 게 아예 대갈통에 박혀버린 거야. 웃기는 노릇이지."

[알고 있는 지금은 왜 벗어나지 않는가?]

"이걸 부정하면 혈신술도 약해지거든. 평생 원칙을 갖고 살면 그 자체로 굉장한 효능이 있다, 이거야. 우리 일족의 특성인지, 초대 무녀의 펠마돈이 그리 강한 건지 모르겠지만. 여하간 그래서 악인곡이나 셋레인이 유지되는 걸세."

[놀랍군, 내 감각에서 벗어난 감옥이라니.]

필시 비밀의 시선을 진법으로 구현한 것이었다. 이른바 공간 분리였다. 셋레인을 꼼꼼하게 돌아다니면 알 수 있을 테지만 마력의 흐름만으로는 느낄 수 없었다.

[그대 같은 이들이 몇이나 있지?]

"넷이 전부일세. 악인곡은 아주 척박하거든. 어지간하면 죽어버리기에 십상이야."

자신을 포함하면 악인곡의 죄수는 다섯이 전부였다. 왕위 투쟁에서 에일락 반테스의 대진표에 연거푸 있을 자들이고 그를 잡아먹고 왕위에 오르기를 단단히 벼르는 이들이었다.

마할문은 그들을 대표로 해서 셋레인을 구경할 겸 돌아다니고 있었는데, 그러던 중 에일락 반테스가 나오기만을 기다리는 쇼켄을 보고 제자로 거두어 데려가려고 오늘 대화 중이라고 했다.

"할아범을 난 예전에도 자주 봤다니까요? 근데 오늘 처음 곡에서 나왔다고 하는 건 뭐죠?"

"그건 수육(受肉)한다는 건데, 내 마령의 특성이다. 저렇게 시체가 있으면 이런 식으로 이용하는 거지."

손이 손목부터 뚝 떨어지더니 거미처럼 움직여서 피를 흥건하게 적신 무인의 상체를 뱀처럼 삼켰다. 찰흙

을 주무르듯 이리저리 이지러지더니만 차츰차츰 우뚝
선 벌거벗은 사내로 바뀌었다.

"생긴 거야 바꾸기 나름이라서, 내가 왕년에 십면(十
面)의 마귀(魔鬼)라 불렸었지. 아무로나 변할 수 있거
든. 그리고 푹 찌르면 죽어가면서 배신감에 찬 표정을
짓는데, 그 맛이 아주 쏠쏠해."

"에게? 엄청 자랑하더니 열 개가 끝인가요?"

"아니, 열 개까지 했을 때 잡혀서 그렇지. 셋레인은
모습을 감추기엔 너무 좁은 곳이야. 장로란 것들이 열
명이나 합공을 해대는 바람에 하마터면 죽을 뻔했었
어."

활동무대만 넓었어도 결단코 잡히지 않을 자신이 있
다고 자신했다. 마할문은 저렇게 신체 일부로 재구성한
몸을 수육한다고 표현하며, 이를 통해선 힘을 일부분
쓸 수 있다고 덧붙였다.

"시체의 기억도 빼앗을 수 있어서 탐식하는 내 마령
에게는 아주 좋지. 먹으면 먹을수록 강해지는 셈이니
까. 꼬마야, 나 마할문의 이름을 걸고 맹세하는데 15령
가의 장로들을 상대하고 샨과 연거푸 싸우다가 진 게
나다. 멀쩡할 때였으면 애긴 달랐을 거야."

"그런데요?"

"악인곡에 가면 나 같은 놈이 네 명이 더 있다. 우리의 공동 전인이 되어서 모든 혈신술을 물려받으면 세상에 너를 감당할 이는 아무도 없을 게야. 어떠냐? 다른 놈들은 불가능하지만 너는 우리의 마령을 쓸 수가 있다."

자부심 넘치는 그의 제안에 쇼켄이 에일락 반테스를 가리켰다.

"저분은 다 이기셨다고요. 그럼 장군님을 스승님으로 모시는 게 훨씬 낫죠."

"이론으로 완성한 미완의 비술을 네가 익히면 다 된다니까?"

"에이, 싫어요."

그러곤 처음 보았던 상황이 다시 연출됐다. 소년에게 제안하는 역술인과 거절하는 모습이었다. 에일락 반테스는 지금의 이야기에서 가장 걸림돌이 되는 쇼켄을 불렀다.

[내겐 이미 제자가 있느니라.]

뒤이어 막무가내로 아홉 번 절을 하려는 소년을 기절시켰다. 부장들과 실란에게 신경을 쓰는 것으로 충분했다. 더불어 제아무리 재능이 있다손 치더라도 데리고 다니며 교육하는 건 낭비였다.

정신 상태가 영 글러 먹은 살인귀는 언제 어떤 식으로 돌발 행동을 보일지 모르니까.

"고맙구면, 고마워. 여러모로 그대에게는 고맙군. 검탑을 없애서 주박도 풀어줘, 말 안 듣는 꼬맹이를 제자로도 만들어줘."

그가 실실 웃었다.

"좋아. 그대의 뜻에 일조하는 마음으로 이 아이도 제국에 풀어놓음세. 마령을 심어두고 풀어놓으면 여러모로 재미있는 일이 생길 거거든."

그에게 에이락 반테스가 다가갔다.

[그대가 악인곡을 대표할 수 있나?]

"응? 무슨 소리지?"

[거래하고 싶다. 조금 전의 이야기로는 그대들 다섯의 마령을 모두 전수하는 방식이던데, 그러면 죽는 것 아닌가.]

"마령이 곧 나이니 죽지 않는 거나 다를 바 없네. 우리처럼 율법에 종속되지도 않을 테니 마음껏 피를 볼 수도 있고."

[한은 직접 풀어야지 않겠는가. 내게 방도가 있다. 그대들의 마령을 전수하며 목숨도 부지하는 방법이지. 거래할 마음이 있나?]

마할문이 처음으로 미소를 지우고 마주 보았다.

"오늘 운수가 대길(大吉)이 맞긴 하는가 보군. 그런 기막힌 수가 있었다면 얼마든지 찬성이네. 하나, 세상 이치가 그렇듯 공짜는 아니겠지?"

[제국과의 전투에서 최전선에 서는 것이다.]

"그거야 이쪽에서 바라는 일이지. 곰삭을 만큼 묵혀 지낸 건 지난 세월이면 충분하거든."

[또한, 전수를 위해선 그대들의 비전서가 필요하다.]

"밑천을 내놓으라 이건가? 나야 크게 반대하지 않지만, 다른 늙은 괴물들이 어떨는지 모르겠군. 자네를 곡으로 초대하고 싶은데, 어때? 올 의향이 있는가?"

[얼마든지.]

마할문이 기절한 쇼켄을 어깨에 메며 말했다.

"실력은 왕위 투쟁에서 보기로 했네만, 이 일은 사안이 다르니만큼 먼저 해결했으면 싶군. 왕의 허락을 맡고 들어오면 되네. 내가 지금 안내하는 건 율법에 어긋나서, 아무리 급해도 어쩔 수가 없어. 이해하지?"

에일락 반테스가 고개를 끄덕이자 마할문은 즐겁게 손을 퉁겼다. 검지와 중지가 잘려서는 뚝 떨어지더니 실금이 그어지며 입을 쫙 벌렸다. 남은 시체 두 개를 구렁이처럼 꿀꺽 삼키는데 괴이하기 그지없었다.

저편에서 수육했던 몸도 남은 손목으로 돌아왔다. 그리고 평범한 이가 보았다면 소름 끼치는 일이 일어났다. 그의 머리부터 발끝까지 수백 개의 입이 나타나서는 쩝쩝대며 뼈와 살을 씹어댄 것이다.

모든 입이 씹고 삼키자 세 구의 시신은 눈 깜짝할 사이에 소화되어 마할문의 주름진 피부에 생기를 더했다. 그때 푸른 늑대의 배례복을 입은 청랑가의 무인들이 들이닥쳤다.

"마할문! 맹약을 어기고 또 탐식의 마령을 부른 거냐? 정말이지 구제불능이구나."

"역시 쓰레기는 어쩔 수 없군. 순순히 오라를 받아라."

경지가 높아질수록 영령화되는 혈신술이기에, 털이 무성한 저들의 모습은 하나같이 늑대인간처럼 보였다. 강압적으로 온 그들이 에일락 반테스를 본체만체하며 마할문을 묶으려 들었다.

"허허. 내가 아니래도 그러네. 죽인 건 저쪽이라니 까?"

"안다. 하나, 시체를 먹은 건 너다."

"맹약을 어겼으니 다시 옥에 가둘 것이다."

유리알처럼 투명해지며 희번득거리던 그의 눈이 다시금 정상으로 돌아왔다. 그리고 순순히 손을 내밀어 묶이는데, 메고 있던 쇼켄이 떨어졌다. 바닥에 널브러진 소년이 천한 신분임을 안 그들은 쓰러진 쇼켄은 신경 쓰지 않았다. 발로 짓밟으며 오직 마할문을 묶는 데만 신경 쓴 것이다.

이를 본 마할문의 목이 돌연 뒤로 확 꺾였다.

"내 새끼한테서 발 떼라, 이 개들아."

관절이 꺾이지 말아야 할 각도로 빙글 회전한 그가 주름진 양손을 뻗었다. 고무처럼 쭉 늘어난 손이 단번에 두 무인의 목을 움켜쥐었다.

뒤이어 쭉쭉 피가 빨리고 무인들의 몸이 거죽만 남아 버렸다. 거미에게 체액이 빨리고 버려지는 곤충처럼 말라서 널브러진 것이다.

그의 손속은 거기서 그치지 않았다. 미라가 된 저들의 피부를 꿰뚫고 가지처럼 뻗어나갔다.

"간악한 놈 같으니! 아뇌투살(牙雷鬪殺) 육식(六式) 뇌음창(雷音暢)!"

현신한 청랑가의 무인들이 공조하며 울음을 토했다. 울부짖음이 오가며 증폭했다. 파동에 뇌기가 번쩍이노라니 응집된 청랑이 뇌력을 줄기줄기 뿜어대며 달려들었다.

"애송이들이 제법 재롱을 떠는구나."

늘어났던 팔에서 입들이 생겼다. 피부가 벌어지며 날카로운 이빨이 불쑥 나와 점액질처럼 떨어졌다. 뇌력을 갉아대면서 쭉 늘어난 살덩이가 청랑의 입을 막아버렸다.

형상화된 청랑이 이빨로 살덩이를 씹어 먹었다. 그러나 불어나는 살들은 끝이 없었고, 결국 먹던 청랑의 배가 터져 버렸다. 증식하는 몬스터처럼 살점 하나하나에 마귀가 깃들어 주위를 오염시키는 모습이었다.

'쉽게 광기에 물드는군.'

율법을 지키려 들긴 하지만, 피를 보면 흥분해서 날뛰는 마할문이었다. 에일락 반테스는 손을 내밀어 중력으로 찍어 누르며 환혼력으로 마할문의 살점들을 얼렸다. 뒤이어 손을 반전하여 이들만 떠오르게 한 뒤 꽉 쥐어서는 으스러뜨렸다.

[악인곡으로 찾아감세. 그곳에서 남은 이야기를 하지.]

새로운 대상을 찾았다는 듯 노려보던 그가 에일락 반테스의 검이 예기를 뿜자 퍼뜩 정신을 차렸다.

"이거 이쪽도 제대로 해야 할 만큼 대단하군. 흐흐. 알겠네. 기다리고 있을 테니 빨리 오게나."

쇼켄을 메고 청랑가의 무인들 사이를 지나갔다. 에일락 반테스 역시 저들을 일별하고 셋레인의 궁전으로 향했다. 악인곡에 대해 태양왕 샨을 만나 대화하기 위함이었다.

12권에서 계속

스펙테이터

1판 1쇄 찍음 2015년 8월 13일
1판 1쇄 펴냄 2015년 8월 18일

지은이 | 약먹은인삼
펴낸이 | 정 필
펴낸곳 | 도서출판 **뿔미디어**

기획 · 편집 | 정서진, 윤영상

출판등록 | 2002년 9월 11일 (제1081-1-132호)
주소 | 경기도 부천시 원미구 소향로 17(두성프라자) 303호 (우)420-864
전화 | 032)651-6513 / 팩스 032)651-6094
E-mail | bbulmedia@hanmail.net
홈페이지 | http://bbulmedia.com

값 8,000원

ISBN 979-11-315-6707-4 04810
ISBN 979-11-315-0000-2 04810 (세트)